からだのサプリ

「こころ・と・からだ」改訂新版

五 木 寛 之

幻冬舎文庫

からだのサプリ　「こころ・と・からだ」改訂新版

目次

告白的まえがき　11

第一章　自分にこだわる

「いい加減」に生きることの大事さ　27

自力でタバコはやめられない　32

第二章　からだと心のあいだには

内なるひそかな声をきくこと　47

腰痛を出さないために　52

第三章　悲しみの効用

堂々とセンチメンタルになる　65

演劇は細胞を活性化する　72

第四章　あきらめる人間
アウシュビッツの教訓から　83
親鸞が深く究めたこと　93
第五章　身を守るために
不潔もそれほど悪くはない　101
ケガをするのも学習のうち　108
第六章　人間か病気か
イエスでもノーでもなく　117
近代医学の夜明けに　126

第七章　足の裏の秘密
扁平足と少年のコンプレックス　135
〈わらじ足〉と日本人の歩行　142
第八章　頭痛からの警告《アラーム》
あなたは生活を改めますか　155
人生の枝葉を切り捨てる　166
ぼくは偏頭痛といい関係をつくった　170
第九章　患者と医師の関係
病院へ行きたくない本当の理由　181
「患者は依頼人」であるという発想　188

第十章　健康幻想を排す
早期発見ははたして大切か　197
マージナルな部分が生命を支える　204
第十一章　ネガティヴ・シンキング
道教の思想と制御の時代　215
男にも更年期がある　225
第十二章　歌いながら夜を
ホメオスタシスとエントロピー　231
大世紀末をどう生き延びるか　237
あとがき　248

からだのサプリ

「こころ・と・からだ」改訂新版

告白的まえがき

私は最近、自分に残された時間はそう長くはないのではないか、とふっと感じることがある。

考えてみると、若い頃《ころ》からずっと自分の死を意識しながら生きてきたような気がしないでもない。十五、六歳の少年時代にも、そんな一時期があった。ひとつには自分の肉親、家族が比較的早くに死んでいったことも気にかかっていたのだろう。

母は戦後まもなく四十一歳で外地で死んだ。父も引き揚げ後、五十五歳で世を去っている。すぐ下の弟は幼いときに死に、また二番目の弟も四十二歳でガンで死んだ。とりあえず家族のなかでいま、生き残っているのは妹と私のふたりだけである。

世間には長命の家系というものがあるらしい。両親、家族が長寿に恵まれている人は一般に長生きする傾向があるようだ。鎌倉時代の宗教家、親鸞《しんらん》は九十歳まで生きたが、これは当時の平均年齢からすれば驚くべき長命である。ましてその苦難の生涯を考えると、そのなみはずれた生命力に感嘆するしかない。親鸞の子孫には長寿に恵まれた人たちが多く、なかでも蓮如《れんにょ》は八十四歳で最後の子供を生ませた超人として有名だ。たぶん長寿の遺伝子をもつ一族なのだろう。しかし私はそうではない。

一九四五年の夏に北朝鮮（朝鮮民主主義人民共和国）のピョンヤンで敗戦を迎えた私は、九州に引き揚げるまでのあいだに、さまざまな死を数多く目にしてきた。その上、家族を早く失ったこともあって、自分もあまり長くは生きないのではないかと、若い頃からひそかに感じていたのだった。

そんな私が両親よりもはるかに長く生きたことに驚きもし、また嬉《うれ》しく思うと同時に、正直なところ、ある複雑な戸惑《とまど》いもおぼえずにはいられない。

私は戦後からきょうまで、ほとんどといっていいくらい病院の門をくぐらずに生きてきた。歯科だけは別であるが、五十数年も病院と縁がなかったというのは、ほとんど奇蹟《きせき》にちかいのではあるまいか。記憶をたどってみると、一度だけX線写真を撮ったことがあったような気がする。十九歳のとき、大学に合格して進学する際に健康診断書が必要だったからである。

半世紀以上も病院のお世話にならずに過ごしてきた、といえば、人は私のことを特に健康なからだの持ち主のように思うかもしれない。だが、それは誤解というものだ。私は人並み以上に弱い人間であり、いまでもしょっちゅう倒れたり、寝込んだりしながら暮らしているのである。

幼い頃から両親は私を〈腺病質《せんびょうしつ》な子供〉と見ていたらしい。軍国主義華《はな》やかなりし時代だったから、父親はことに私を強い子供にきたえあげようと苦心していたものだ。毎朝の乾布摩擦《かんぷまさつ》と竹刀《しない》の素振《すぶ》りは父親と一緒にやった。夜は大声で詩《し》吟《ぎん》を歌わされ、座禅を組み、寒い冬にも薄着で通すようにしつけられた。

だが、そんな父親の努力にもかかわらず、小学生の頃の私は病気ばかりしていた。カゼ、中耳炎、発熱、皮膚病、いまでいうアレルギーの症状もしばしば起こしたし、黄疸《おうだん》になって朝晩しじみの味噌汁《みそしる》ばかり飲まされたこともある。犬に嚙《か》まれたときは、狂犬病の疑いをかけられて、連日、注射をしに病院に通ったものだった。要するに私は丈夫な子供ではなく、その反対の弱い子だったと言っていい。

しかし戦後は貧しい暮らしが続き、病院どころか市販の薬を買う金もない時代であったために、幸か不幸か病院とはほとんど縁が切れてしまったのである。

三十代のはじめに作家として働くようになってからは、ほとんど想像もできないような無茶苦茶《むちゃくちゃ》な生活が続いた。当時はペンを抱《だ》いて討死《うちじに》する、というのが世間からマスコミ作家の栄光のように思われていた奇妙な時代だったからだ。

それからきょうまで、何度となく「危ないな」と、自覚する瞬間があった。徹夜つづきのホテルの一室で、肩から胸へかけて締めつけられるような痛みを感じ、目の前がまっ白になって絨毯《じゅうたん》の上に倒れたまま動けなくなったこともある。

なぜか息が吐けなくなって、地下鉄に乗ったりすると呼吸ができないような苦しさをおぼえた時期もあった。雨が近づいて気圧が一〇〇〇ヘクトパスカルを割ると、きまって激しい偏頭痛《へんずつう》や吐き気におそわれた。それも三日、四日どころではない。一週間も続く場合もある。そんなときは、梅干しだけをなめて、死んだようにじっとしていた。回復すると嘘《うそ》のように元気が出るのだ。

そのほか、いま思い返しても、救急車を呼ぶか、大病院に緊急入院するのが当然と思われる体験をしばしばした。そして、そのつど自分で勝手な診断をくだしてやりすごしてきた。あ、これは狭心症の発作らしいぞ、とか、どうも肺気腫《はいきしゅ》っぽい感じだな、とか、こいつはたぶん十二指腸潰瘍《かいよう》かもしれないから少し仕事を休もうか、などと、専門家からは大目玉をくらいそうな勝手なことをくり返して、それでもなんとか病院へは通わずにとおしてきたのである。もちろん自由業の気ままさから、検診などという体験は一度もない。足をくじけば、自分で朝晩さすって治してきた。

その病院拒否症の背後にあったのは、一種の諦《あきら》めのような気持ちだったのではあるまいか。よくもきょうまで生きてきたもんだ、こんなはずはない、と、しょっちゅう思っていたのである。それはいまでもそうだ。母よりも、父よりも、弟たちよりも長く生きて、いろんな出来事を見てきた。また、何十冊かの本も書くことができ、外国を旅することもできた。人生、五十年と昔は言ったが、まあ、少し欲ばって人生六十年と考えよう。そのへんが人間として自然な生存期間ではないのか。病気の大半は、人が自然な生《せい》を過ぎて、あまりにも長く生きることによって生ずるのではないか。

そんなふうに思いながら、そのことにふと苦笑したりもする。人生六十年、などというのなら、さっさと退場してもいいのに、どうして「こころ・と・からだ」のことなどあれこれ考えるのだ、と叱《しか》られそうだ。

しかし、生きているあいだは少なくとも気持ちよくいきいきと暮らしたいと思う。そして死を迎えるときには、落ちついた感謝の気持ちで退場したいと思う。それが人間として自然のことだろう。

どんなに立派なことを言っていても、人間というのは誰しもこの世と別れるのが淋《さび》しいものらしい。死がまぢかに迫ったと感じれば、たぶん私もじたばたするにちがいないと思う。しかし、それでも「死の準備体操」だけは何十年間かやってきたぞ、というのが私の心の底にある気休めである。きょう一日、あす一日、と毎晩考えながらこの歳《とし》まで生きてきたのだ。

しかし、どうして短命なはずの自分がこんなにながいあいだ病院や医療のお世話にならずに生き続けてくることができたのだろうか。たぶん、それは、九十九パーセントの幸運と、一パーセントの心身観《しんしんかん》によるものだと思われる。この本は、その一パーセントについて書いたものだ。

最近、ふと病院へ行ってみようか思うようになってきた。一生に一度ぐらいはちゃんとした検査を体験してみる必要があるのではないか。「ふるさとへ廻《まわ》る六《ろく》部《ぶ》は気の弱り」などという昔の句を思い出して苦笑したりする。

私は世にいう「病院嫌い」「医者嫌い」のたぐいの人間ではない。よく自慢気に「おれは一度も病院なんかの世話にならずにやってきたんだ」などと広言する人がいるが、私はそんな人たちを可哀想《かわいそう》に思うことがある。

私は古代から現代までの医学に深い敬意をはらっているし、文芸書よりも、むしろ医学史の本や、分子生物学の入門書や、病院や治療の実際について書かれた文章を読むことのほうが好きである。じつは私の配偶者も、いまは絵を描《か》いているが、本来は医師の仕事をしていた。鷗外《おうがい》や、チェホフや、ハンス・カロッサを例にあげるまでもなく、作家で医師だった人は少なくない。医学と文芸とのあいだには、どこかで通底するものがあるような気がする。そこにもうひとつ宗教というものが加わってできていたのが、文化の本来の姿だったのではあるまいか。

しかし、私は現在の医療、ひろく言えば科学とビジネスが避けがたく結びついた世界に深い不信感も抱《いだ》いていて、そこに現代人の不幸を見ずにはいられない人間のひとりでもある。

人はどうして苦痛に耐えながら延命されなければならないのか。人生五十年ではちょっと淋しいが、人生六十年あたりが、地上に生息する種《しゅ》としてのヒトの「分《ぶん》をわきまえた」生存期間なのではないか。長寿は単なる例外であって、医学の目標として目指《めざ》すべきものではないのかもしれない。大事なことは長く生きることではない。いま、この一日をどのように豊かに、気持ちよく、充実して過ごすことができるか、そのことこそ真に人間らしい人生のテーマではないのか。

長寿社会をはやしたてる声の背後に、私はなにかいやなものを感じることがある。高齢者社会を、厖大《ぼうだい》な医療費や介護予算の巨大市場としてじっと注目する経済の本能的な視線を見ないわけにはいかないからだ。

人は自然の根源的な力によって「生かされる」べきだろう。少なくともほどほどの期間、この世に生きながらえることができたとすれば、そのことを感謝しつつ、あとは静かに自然の呼び声にしたがったほうがいいのではないか。

病院と医療は、幼い子たちと、若者と、社会を支えて働く男女のためにあるべきである。六十歳を過ぎた人間に必要なのは、治療ではない。痛みや苦しみを少しでも軽くし、いかに残された時間をより良く生きるか、それを配慮した温かい人間的なサポートこそが重要なのではないか。

度を越した治療、数字とテクノロジーを多用する検査、そして大量投薬と過剰な延命作業、それらに耐えつつ生きるまじめな患者の辛《つら》い日々を、立派な闘病生活として讃美《さんび》するのは、はたして人間的といえるのかどうか。

〈生《しょう》・老《ろう》・病《びょう》・死《し》〉とは、よく言ったものである。それを〈四苦《しく》〉と訳したのは中国人だが、もともとのサンスクリット語のニュアンスに〈苦〉という響きはない、と教わったことがある。「思うにまかせぬこと」というのが本来の意味であるらしい。

若い頃の病気はともかく、中年を過ぎてからの病気は、大半が〈老い〉の結果だろう。免疫《めんえき》を司《つかさ》どる胸腺《きょうせん》は、十代の終わりからすでに老いはじめている。免疫機能の低下や、自然治癒《ちゆ》力の減退も「老い」のひとつの顔であると考えれば、成人病のみならず大半の病気も「思うにまかせぬ」自然の現象だといっていい。その、人間の「思うにまかせぬこと」を「思う通りにしよう」という姿勢に、現代医学のみならず、デカルト以後の科学主義・合理《ごうり》主義が直面している暗い陥穽《かんせい》があるのではないか。

どんなに最先端の科学やテクノロジーをもってしても、〈生・老・病・死〉を根本から操《あやつ》ることはできない。不死が保証されれば、それはすでに生《せい》ではなく、永遠の若さはすでに青春の名には価《あたい》しないからである。

〈知足《ちそく》〉という言葉には、不思議な重さが感じられる。親鸞のいう〈他力《たりき》〉という表現もそうだ。〈随順《ずいじゅん》〉という言葉もふと思い出される。いずれも人間がすべてを「思う通りにできる」という思い上がりに冷水をかける思想である。

大事なのは、はやりのプラス思考だけではない。マイナス思考もまた現代に必要な態度なのである。人はどんなにポジティヴ・シンキングの有利さを説かれても、魔法のようにそれを駆使できるわけではない。なるほど、と深くうなずきながら、すぐにプラス思考が身につかない自分を情けなく思うだけである。

まず〈死〉の側から生を考える。〈病〉を人間の同伴者だと認める。〈老い〉を自然のリズムとして受け入れる。〈死〉を無理に遠ざけようとしない。それができるかできないかも、じつは自分でがんばることではない。少なくともそう思って生きていこうと頭を切りかえるだけでも、決して悪くはないだろう。

健康、などという言葉は、本当は幻想にすぎないと私は思う。百パーセント健康な人間など、どこにもいはしないのだ。いたとしたら、それはもはや人間ではない。

最新の医学情報によれば、ＨＩＶも決して永遠に不治の病《やま》いではない。いずれそのウイルスと人間が平和に共生する日がくるとも考えられる。しかし、ＨＩＶは必ずしも発症しないが、〈死〉は百パーセント発現する。すなわちすべての人間は〈死〉のキャリアであって、それを目をそらさずに見つめながら生きることこそ人間的という言葉がふさわしいのではないか。

私はこの五十年間に、いろんなからだの不調に見舞われてきた。しかし、それを安易に病院に駆けこむのでなく、自分でなんとかなだめすかしながら、どうやら倒れずに生きながらえてきた。交通事故で大けがをしたり、盲腸炎を起こしたりすることがなかったのは単なる偶然であり、幸運である。しかし、治すのではなく、折り合って生きるという私の思想に支えられた部分も、わずかではあるが、多少は役立っていると思う。

「病気にならない」のではなく、これまで己《おの》れが抱《かか》えている病気を、出さないようにに自分で工夫してつとめてきたのだ。

まわりの友人や家族は、そんな私のかたくなな態度を、「非常識だ」とか、「あまりにも馬鹿《ばか》げている」とか、「度がすぎる」とか、本気で批判したり怒ったりする。無理もない、と、私も思う。心臓が締めつけられるような苦痛で倒れたり、頭が割れそうに痛んだり、下血《げけつ》が続いたりすれば誰だって普通の市民なら医師に相談をするか、検査を受けるかするだろう。それをしないのは、私が臆病《おくびょう》だからだと言う人もいる。検査や治療が恐ろしいのか、と笑う知人もいる。しかし、それらの批判を甘んじて受けながら、それでも内心ひそかにつぶやく言葉があるのだ。自分の内なる声、からだの深いところからかすかにきこえてくる「そのまま生きよ。死ぬときは死ぬ」というひそかな声にしたがおう、という考え方である。

しかし、このところからだの深いところに、しきりにざわめく不穏《ふおん》なものを感じて不安でならない。あすにも失神して、救急車で病院に運びこまれるかもしれないと考えたりする。しかし、そのときは、そのときだ。それもひとつの見えざる手の働きと受け入れるしかないだろう。

私がここで書いたのは、とりとめのない思いつきの雑談のたぐいにすぎない。科学的な根拠も、医学的な正当性もない。自分の正直な体験と、独断的な直感と、月並みな考え方のガラクタ箱のようなものだ。

だが、私は本当のことを率直《そっちょく》に書いた。四百四病を抱えながら、なんとかきょうまで生きつづけることができたことを感謝しつつ、同じ症状を抱えて悩んでいる人びとに小声で語りたいというのが、この小冊子《しょうさっし》にこめられた私の気持ちである。どの章からでも自由に読んでいただいて、なにかひとつでも共感してくださるところがあれば嬉しい。

第一章　自分にこだわる

「いい加減」に生きることの大事さ

〈いい加減《かげん》〉という言葉があります。「あいつは、いい加減なやつだ」などとよく口にしたりします。

つまり「いい加減」というのはネガティヴな表現として通用している言葉といっていいでしょう。ですから「いい加減に生きることが大事」などと言うと、それこそ「いい加減なことを言うな」と叱《しか》られてしまうかもしれません。しかし、ぼくは最近、心から思うのですが、人間が生きていく上で、本当の意味でのいい加減さというのは、じつはとても大事なことなんじゃないでしょうか。

〈いい加減〉を辞書で引くと、まず、「よい程度。よいかげん」とあります。そして二番目に、「無責任なさま」となっている。

本来、いい加減というのは、足したり引いたりしながら、ちょうどいいバランスのところを探すことでした。言うなれば、〈中庸《ちゅうよう》〉の精神です。成熟した文化や、デリケートな感覚によって成立する知性のようなものだったのかもしれません。それがいつの間にか風化してきた。「他力本願《たりきほんがん》」や「通俗」といった言葉が、現在まちがって使われているのと同じように、二番目の意味、「無責任なさま」のほうが主に使われるようになってしまったのだと思われます。

先日、九州に行ったときに、こんなことがありました。

良い漢方医がいると友人に紹介されたものですから、来たついでに寄ってみようと電話をしたところが、「できれば、一週間ほど滞在していただきたい」と言われたのです。それはとても無理だと答えると、「では、せめて三時間。最低それくらいは問診《もんしん》しないと、クスリは処方できません」と言う。

それもちょっと難しいと事情を話したら、自宅のほうへ○×式の質問表が送られてきたのです。見ると三十数ページの紙にぎっしり、全部で質問が三百十四項目もあるではありませんか。

結局、あきらめざるをえなかったのですが、ぼくは驚くと同時に感動もしました。そこにあるのは、人間は一人ひとりぜんぶ違う存在なのだ、という東洋の深い考え方の基本だったからです。

人間は一人ひとり違うからこそ、患者についてよく知らなければならない。生活のバックグラウンドから現在の状態、嗜好《しこう》や内面や人生観まで理解し、その人にとって本当の〈いい加減〉、つまり、もっとも適切なポイントを徹底的に追求した上でなければ、クスリは処方できないという。何千年の歴史をもつ東洋医学の人間を見る目のたしかさを、ちらとかいま見させてもらったような、そんな気がしました。

ふり返って考えてみますと、ぼくたちの日常は、ふつう与えられた数値や常識といったものを無条件に頼りにし、個人一人ひとりの〈いい加減〉をおろそかにしてしまって生きているような気がする。

そのもっとも端的なあらわれが、いわゆるクスリの使用のしかたではないでしょうか。説明書に「一日三回、毎食後、二錠ずつ」と書いてあれば、たいていの人は習慣的にそれにしたがうにちがいありません。けれども、ちょっと考えてみればわかるように、同じ成人でも体重百四十キロの貴乃花《たかのはな》とわずか四十数キロのマラソン・ランナーが、同じクスリを同じ量飲むのは無茶苦茶《むちゃくちゃ》というものでしょう。

効《き》くクスリには必ず何らかの副作用があるにちがいない。専門家がどう言おうと、ぼくはそう考えています。効くクスリには必ず副作用がともなう。逆に言えばまったく副作用のないクスリは効かない。

私たちが市販のクスリを飲むというのは、その副作用を覚悟してのことですが、そこには各人各様の個人的な差というものがほとんど考慮されていません。だからこそ、説明書には「医師の指示を受けて正しく使用すること」と小さな字で書かれているのでしょう。しかし、地球上のすべての人間一人ひとりに個々のクスリを用意することなどとうてい不可能でしょう。それは常識で考えれば誰にでもわかることです。しかし、それをわかった上でぼくはあえて「自分はこの世でたったひとりの自分なのだ」と言いたいのです。ブロイラーのニワトリじゃあるまいし、「人間一般」で画一的に扱われるのは嫌《いや》だ、と。もっとちゃんと「いい加減」に大事に扱ってほしい、と。

しかし、そんなことを社会に要求するのは甘えすぎかもしれません。世の中はもっと厳しい。だからこそ、他人にまかせず、自分で自分の「いい加減」をちゃんとみつけて、その「いい加減」のポイントを「からだ」におぼえこませておく必要があるのです。

本来の意味でいう〈いい加減〉は、一人ひとりぜんぶ違った個性の差を指しています。風呂《ふろ》のいい湯かげんにしてもそうです。冷暖房の温度にしても一般に適温といわれるものはあるけれど、心地よいと感じる温度は人それぞれに異《こと》なるはずです。一人ひとりの生き方があって、一人ひとりの感じ方があって、その人にとってのもっとも心地よい〈いい加減〉が決まってくるのですから。

人間は一人ひとり異なっている。そしてまた、ひとりの人間も、状況しだいで、そのときどきに応じて違っています。シャンと胸を張って、相手より一センチでも背を高く見せようと気張るときもあれば、グニャッとだらしなく楽にするときもある。

だからこそ、ぼくは〈いい加減〉が大事だと思うのです。〈これ以上、足《た》すことも引くこともできない、自分にとって本当にぴったりの〉というプラスの意味においてです。また、〈無責任で物事にこだわらない〉というマイナスの意味においても、〈いい加減〉を重要だと思うのです。

自力でタバコはやめられない

タバコをやめようと苦労している人が、たくさんいます。もう絶対に吸わないとまわりの人たちに宣言し、残ったタバコをキッチンで水浸しにしては、あとで必死になって吸殻《すいがら》を探したり、自分で庭に穴を掘って埋めておきながら夜中に車で街に買いにでかけたり――。本人にとっては涙ぐましい、そしてはたから見るとじつに滑稽《こっけい》な闘いを続けていらっしゃる。

でも、そんなふうにして必死でやめようと自分と闘っていても、本当はタバコはなかなかやめられないんじゃないでしょうか。

もっといい加減に考えればいいのに、と思うのです。

他人への迷惑のことは別として、いまの医学的な立場から言えば、一般に喫煙はからだに悪いとされています。しかし、本当にそうでしょうか。あらゆるものには、マイナスの要素とプラスの要素があるというのは経験的な真実です。

本川達雄さんという生物学者が書かれたロングセラーの『ゾウの時間　ネズミの時間』（中公新書）という本のなかで、おもしろいエピソードが紹介されています。

哺乳類《ほにゅうるい》は、その生涯を無事に生き抜いたとして、だいたい一生に五億回呼吸する。そして、スーッと吸ってハーッと吐く一呼吸のあいだに、心臓は四回打つというのです。

一生だと二十億回です。これはネズミのような小さな動物でも、象のような大きな動物でも、すべての哺乳類に共通しているという。もちろん、人間も例外ではありません。

生まれたときに二十億円の預金をもらい、それを毎日毎日使いながら生きているると考えてみましょう。交通事故にもあわず、病気もせず、理想的なかたちで長生きをしたとしても、五億回の呼吸と二十億回の心臓の鼓動で哺乳動物は一巻の終わり。象もネズミも人間も同じです。

では、それをできるだけ長持ちさせるには、どうすればいいのか。

その方法は子供にでもわかるはずです。速く呼吸すればするほど貯金も早く使い切ってしまうのですから、ゆっくりと呼吸するしかない。つまり、深い呼吸が大事だということでしょう。

座禅、ヨガ、気功《きこう》、太極拳《たいきょくけん》など、どれもみな、ゆっくりと臍下丹田《せいかたんでん》に息を吸い込んで、ゆっくりと吐き出す。そうすることで心拍数も低下することは言うまでもありません。

しかし、いまの世の中はストレス社会です。心臓に早鐘《はやがね》を打たせるような出来事が身の回りにあふれている。誰もが息せききって走っているようなあわただしい生活のなかで、心をしずめ、腹式呼吸でゆっくり息をするということを毎日きちんと続けていくことが可能な人は、まず少ないのではないでしょうか。

ところが、おもしろいことに、横から観察していますと、タバコを吸っている人は無意識のうちにそれをしているようにぼくには思えます。

何かひとつ、厄介《やっかい》なことが終わって、「ああ、やれやれ」というときに、人はタバコに火をつける。そういうときの吸い方を見ていますと、じつに旨《うま》そうに深深と煙を吸い込み、天井に向かってフーッと長く吐き出します。

あれはじつはニコチンを吸収しているというよりも、深く、ゆっくりと息をしたいという生理的な欲求のなせるわざではないでしょうか。無駄に浪費した呼吸数と心拍数のバランスをとろうとする無意識な生命の自然の働きだとぼくには見えるのです。

タバコを吸う人が、もしそこで必死で我慢したとしたらどうなるか。一日中、肩で息をしながらあわただしく走りまわって、限られた呼吸数と脈拍をハイスピードで消費してしまうだけの毎日です。

もちろん、タバコにさまざまな害があることは誰でもわかっています。わかっているけれど、さきほども言ったように、あらゆるものにはプラスとマイナスの要素がある。作用と副作用があるのは当たり前のことです。

たとえば、先にも書いたようにクスリというものには基本的に副作用がありま す。副作用の強いものほどある意味ではよく効くと考えていいでしょう。抗ガン剤は、その典型かもしれません。

ガン細胞に対してつよく作用するクスリは、人間のからだにとっても非常に危険な面があることも事実です。しかし、髪の毛が抜けても、免疫力《めんえきりょく》が極端に低下しても、とにかくいまは局部的にガン細胞を抑え込もうというギリギリのところで、プラスとマイナスをできる限り精密に判断しながら医師は慎重にそれを使っていく。しかし、それでも副作用は避けることができません。全体としての人間にとって、はたしてそれはどうなのか。そして本人の苦痛や気力の衰えは? そこにはとても難しい問題があると思われます。

人間にとって有効なもの、快楽や刺激を与えるものというのは、当然のことながら、その反対の要素をたくさんもっている。そのへんをうまくクリアする手がかりとなるのが、いわゆる〈いい加減〉なのではないでしょうか。

ぼくは敗戦後の外地での混乱のなかで、十三歳のときにタバコを吸いはじめ、四十代のはじめでやめました。それも固い決意をしてがんばってやめたわけではなく、いい加減に吸って、いい加減にやめたのです。

四十二、三歳の頃《ころ》のことですが、どうも肺の調子が悪くて、残気感とでもいうのでしょうか、息を吐くときに、吸った息の三分の一ぐらいしか吐いていないような感じがして仕方ありませんでした。息を吸うたびに、それがどんどん溜《た》まっていって、なんだか胸が詰まって苦しくなってくる。地下鉄に乗ると息が苦しい。しかし、そのうちに、朝、タバコを吸うのがなんとなく気が進まなくなってきました。そして、やがていつの間にか吸わなくとも平気な自分に気がついていたのです。

親鸞《しんらん》という人は、宗教家であると同時に、すぐれた思想家だとぼくは思っているのですが、その彼が『歎異抄《たんにしょう》』のなかで「業縁《ごうえん》」ということについて語っているのが印象的です。その人にその業縁あらば、望まずして人を殺すこともあるだろう。そしてまた、その業縁がなければ、殺せと言われても、どんなに殺したいと望んでも、たとえひとりの人間さえ殺すことはできない。業縁という目に見えない力に動かされて人間は動くものだから、自分でこうしようと決めても、なかなかその通りにはならないのだ、と。

この「業縁」という言葉は、一般に思われている意味とは少し違います。目に見えない大きな力、または生命の流れ、その力に自然に身をゆだねて生きることの大事さを彼は語っているのです。人は自分の思う通りには生きることができない。また、人間が世界を思うままにできると考える傲慢《ごうまん》さをいましめていると受けとってもいいでしょう。

ともあれ、人は嘘《うそ》をつこうと思ってもつけないときもあれば、死んでも嘘はつくまいと思いながら思わずついてしまうときもある。タバコをやめようとつよく決心しなくとも、喫煙と縁が切れるときは自然と切れるものだし、四苦八苦して、あらゆる努力をくり返してもやめられないものはやめられない。人と会ったり、別れたりするのも、きっとそうかもしれません。

そうだとすれば、これまで何度も禁煙に挫折《ざせつ》して絶望している人は、自分にとってタバコはどうしてもやめられない〈業《ごう》〉なのだと寛大に受け入れたほうがいいのではないか。そして、自分はタバコを吸いながら深呼吸しているんだと、プラスの面のほうに意識を向けて、気持ち良く吸えばいいのです。

世間にはチェーンスモーカーで大酒を飲みながら長生きする人がいるかと思えば、タバコも酒もやらず、健康な生活をしながら早く死ぬ人もいます。そもそも、一人ひとりすべてが異なっている人間に、こうしなければならない、ああしたほうがいい、という常識やモラルを押しつけること自体が、ナンセンスではないでしょうか。

車のハンドルには、たいてい多少の遊びがあります。路面にちょっとしたデコボコがあっても、そのあいまいな部分、いい加減なゆとりが吸収してくれるから、ハンドルをまっすぐ握っているだけで直進できる。雨の日の轍《わだち》の跡も自然に乗り越えられるのです。

これが遊びの少ないポルシェとか、フェラーリなどになると、路面の変化がダイレクトにステアリングに伝わってくるから、そのつどハンドルをこまかく修正しなければなりません。

人間が生きていくのも、それと同じです。スポーツカーのように厳しくタイトに生きるより、多少の遊びもつくって、いい加減に生きていったほうがいい。それは言葉を換えれば、自由ということでもあるし、個性的ということでもあるのです。

いい加減に生きるということは、ちょっと見には簡単そうに見えるけれど、これがじつは非常に難しいことかもしれません。なぜなら、お手本がないわけですから。

百万人の人間がいれば、百万の真実があり、百万の〈いい加減〉がある。自分にとっての〈いい加減〉を発見していくきっかけとなるのは、教科書でもなければ、数字でも検査の結果でもなく、その人自身の直感です。「私のいい加減はこれなんだ」という、体験からくる本能的な感覚こそ重要なのです。

本に書かれていることや、人の言うこと、社会の常識となっていることをうのみに信じて、自分がいま感じている本音を歪《ゆが》めてはならない。ぼくは、自分の直感にしたがってそう思います。

ルオーの描いたキリストの「聖顔」を見て、みんなは傑作だと言う。けれど、自分にはなぜか心に訴えてくるものが全然なかったというとき、そこであなたが試《ため》されることになる。自分にとっての名画とは何か。

世の中には、いまの常識や科学では説明できないことがたくさんあります。たとえば千日回峰《せんにちかいほう》の行者《ぎょうじゃ》たちがとっているカロリーと、出ていくカロリーは、どう考えても栄養学的には数字が合いません。彼らはなぜ、お粥《かゆ》や梅干しや粗末な食事をとりながら日々あの荒行《あらぎょう》を続けられるのか。

どこかで親しい人が亡くなったとき、人が胸騒ぎを感じたりするのはなぜなのか。

ぼくは基本的には科学を信じている人間です。ただ、科学の歴史というのは、古い時代から数えてもせいぜい四、五千年くらいのものでしょう。それは人間が生きてきた何百万年という歴史から見れば、ほんの瞬《まばた》きするような瞬間の積み重ねにすぎないと言ってもいいと思います。

もちろん、その短期間のうちに人間はこれだけのことをなしとげました。すばらしい世界を切り開いてもきた。しかし、それは同時に、人間の知恵がまだ手を触れてもいない未知の領域がたくさん残されていることの証明でもあります。人間や宇宙について、いま、科学が知っているものはごくわずかだと考える。それこそ、宇宙の塵《ちり》ひとつをやっと照らしているようなものではないか。

百年後、二百年後には、いまはオカルトとしか説明できないものの一部もやがて科学的に解明されていくかもしれません。しかしそれでもなお、そのあとには無限の不可知《ふかち》な闇《やみ》の部分が広がっているはずです。科学や人間の知恵に、最終駅はないのですから。

そう考えますと、宇宙の塵のひとつでしかない科学の達成によりかかって、すべてのことを断定したり、行動したりする危《あや》うさに気づかざるをえません。いまここで大手術を受けるか、それとも抗ガン剤を使うか。タバコをやめるかやめないか。どんな洋服を着るか——。そんな日々のさまざまな選択に際して、先端科学の知識や数字だけに頼っているのは、じつは非常に頼りない味方に命を預けているようなものではないのか。

だからこそ、ぼくは個人の直感や本能といったものが大切だと思うのです。人間のからだのなかの、内なる声。それは、宇宙の果てまで届くような力をもっていると、ぼくは考えています。

女性の生理の周期は、天体の運行の周期や潮の満干《みちひき》と関係しているらしい。人間のからだもまた、ひとつの宇宙なのです。そして、からだの内なる声を聴《き》くということは、宇宙の声を聴くということであり、親鸞の言う「自然法爾《じねんほうに》」の声に耳を傾けることでもあるのです。

といっても、すべての科学や常識を捨てて直感や本能だけを信じろなどと、無茶なことを言っているわけではありません。

よく人間には無限の可能性があると言ったりします。しかしそんなことはありません。素手《すで》で一万メートル潜《もぐ》ることなどできはしない。五億回の呼吸と二十億回の心拍数をはるかに超えて生きつづけるのも無理でしょう。

それを一方でちゃんと認めながら、もう一方で、普通に考えられている常識を超えたものの力も認めていく。科学か直感かという二者択一《にしゃたくいつ》ではなく、そのふたつのバランスのとれたところに、自分にとっての〈いい加減〉を発見したいと思うのです。

それはたしかに難しいことではあります。非常に難しいことだけれど、その〈いい加減〉の程度を発見していく過程にこそ人生の真実はあるのではないか。ぼくはたしかにいま、そう強く信じているのです。

第二章　からだと心のあいだには

内なるひそかな声をきくこと

ノンフィクション作家の山際淳司《やまぎわじゅんじ》さんとは、前に一度ですが対談をしたことがあったので、その突然の死には暗澹《あんたん》たる思いがしました。

かつての逸見《いつみ》政孝さんや山際さんの例だけではなく、病気を抱《かか》えた人が病気と闘って無残《むざん》に敗れ去っていく姿を、ぼくらは日頃《ひごろ》からいやというほど見せつけられています。

病気と闘うというのではなく、何か違う考え方で病気をとらえられないものだろうか。ずいぶん以前から、ぼくはそんなことを考えつづけてきました。この章でぼく自身の体験を交えながら「心からからだへ、からだから心へ」という、心とからだのコミュニケーションの回路を、どんなふうに開いて病気と向き合うかということについて考えてみたいと思うのです。

ぼくにはいくつかの困った持病があります。

そのひとつは偏頭痛《へんずつう》です。これはアレキサンダー大王や、『三国志』の関羽《かんう》も大変な偏頭痛もちだったといわれているくらい、古くからある病気ですが、それには二種類くらいの予兆があるといわれています。

ひとつは網膜《もうまく》の奥でチカチカ閃光《せんこう》がひらめいたりするというようなタイプ。『不思議の国のアリス』を書いたルイス・キャロルが、このタイプの偏頭痛もちだったそうです。ぼくの場合はそうではなくて、たとえば唾液《だえき》が少しべたべたしてくる。欠伸《あくび》が出る。首筋が凝《こ》る。瞼《まぶた》が下がってくる。そういう症状がいくつかあって、そのうちに妙に怒りっぽくなってくるという段階があるのです。

その後も、じっと観察しているとぼくの頭痛にも、最初に熱っぽくなってくるものと、つめたくなってくるものと二種類あるというようなことがわかってきました。熱っぽくなってくるのは、最初に血管が収縮して、今度はそれを拡張しようとする作用のために太い血管が広がって頭痛が起こる。つめたくなるのは、最初に血管が拡張して、それを急激に抑制しようと縮小するために頭痛が起こるんじゃないか、などと、いろいろ考えました。

ですから最初は自衛のために、たとえば血圧が下がってくる予感がするときには、早目にカフェイン剤や血圧上昇剤を飲むようにしていました。予兆の違いによって温めたり冷やしたりしながら、頭痛を少しずつ飼い慣らしているうちに、最近ではなんとか薬を飲まずに切り抜けられるようになってきたのです。それは、ひとえに、ぼくが〈からだからの声〉に耳を澄ませながら、痛みを飼い慣らしてきたせいかもしれません。そのことについては、あとの章であらためて触れることにしましょう。

もうひとつの持病は、腰痛でした。四十代半《なか》ばのことですが、タクシーに三十分も乗っていると、ひとりで降りられなくなるほど辛《つら》かったのです。整体の名人といわれる人のところにも通ったりしましたが、やはり思わしくありませんでした。

そこでどうしたかというと、ぼくは自分で内側にある腰痛を出さないように工夫しようとしたわけです。おかげでこの十数年、腰痛は出ていません。しかし、腰痛が出ないというのは完治したということではない。内側に抱えたものを出さないというだけのことなんですね。

からだが一生懸命語りかけてくる言葉や悲鳴、不満、警告。そういう〈からだからの声〉を、ぼくが耳を澄ませて聴《き》こうとしてきたのは、苦しい持病がやってくる前の、その予兆をつかみたかったからでした。〈からだからの声〉を聴くのは、最初はなかなか難しい。でも、謙虚にそれをきこうと努力していると、少しずつそれが聞こえるようになってくるのです。

病気というものは、基本的に完全に治るものではないし、逆に突然発生するものでもないと、ぼくは考えています。

仏教の立場では、人間の生命のなかには最初から、四百四病の病《やま》いが内包されていると考えられています。病気というものは、無から出てくるわけではない。人が生まれたときから抱えてきたものが、その人のからだの状況や周囲の変化のなかで、出たり引っ込んだりする、と考えるわけです。死ぬまで病気が出なかった人は、とてもラッキーだっただけで、その人に病気がないかというと、実際は内にたくさんの病気をもっていたのかもしれない。

　そして、人間は誕生するときから、いちばん大きな病気である死という病いを抱えて生まれてくる。あらゆる人間は死という病いのキャリアだと考えよう。人によって時期は異《こと》なるけれど、それは百パーセント発症する。そう考えれば、たとえば他の病気のキャリアの人たちに対しても、自分たちとは違う人間のように差別したりすることもなくなってくるのではないか。

　なかなかそう考えることができないのは、病気にかかるとか、病気を治すという言葉づかい自体に、われわれの錯覚があるからだと思います。病気はかかるものではなくて、内在しているものが、ひょいと顔を出すだけなのです。そして、病気が出ないのは、いまのところ、からだとの話し合いをうまくやったり、いま出てきてもらっては困ると、なだめて抑え込んだりしているからでしょう。だから、病気を治すとか、退治するとか、完治するということは絶対ありえないとぼくは思ってきました。

人間が死や病気を抱えて生まれてくるなどと言うと、悲劇的に取る人がいるかもしれません。でも、それはさほど深刻に考えるべきことではない。

むしろ、そういうものとどう折り合っていくかというところに、人間の大事な生き方が生まれてくる。哲学や思想の萌芽《ほうが》も、そこにあるような気がしているのです。

腰痛を出さないために

ぼくの腰痛を例に、からだと心のコミュニケーションの回路をどう開いていくかということを、もう少し考えてみましょう。

腰痛は、出さないことがまず先決です。それから折り合っていくための工夫があって、今度はそれを出さないようになだめていく。

腰痛が激しかった頃《ころ》、ぼくはまず歩くことを心がけるようにしました。姿勢を自然なバランスに保ち、やや大きな歩幅で、からだが汗ばむくらいに歩く。そうやっていると、骨の歪《ゆが》みのようなものも、正しいところに収まっていく感じがありました。歩くと調子がとてもよくなってくるので、それからもぼくは極力歩くことにしたのです。

柄《がら》にもなくゴルフを始めたのも、腰痛と、右手の腱鞘炎《けんしょうえん》があったからです。ゴルフ場では、早足で歩くことと、もうひとつ、後ろ向きになって歩いていくという実験を丹念にやりました。ゴルフをスポーツとしてでなく、治療として選んだのですから。

四つんばいになって歩く動物には腰痛がないと聞いて、フェアウエイで四つんばい歩きもちょっと試《ため》してみました。これはまわりが嫌《いや》がるのでやめたのですが、この四つんばい歩きは、からだにとっては本当にいいような気がします。

ともかくぼくは歩きました。それもただ歩くだけではなく、ときにはナチの軍隊みたいに両手を頭の上まで振り上げ、テンポを上げてリズミカルに歩いた。これは、四十肩、五十肩にも、ものすごくよく効《き》きました。

それから、シートの柔らかいイタリアの車から、背中がどちらかというと直立しているドイツの車に替えて、運転するときの姿勢を正すとか、日頃の姿勢にも気をつけるように努めました。そういうことをくり返しやっているうちに、腰痛はいちおう引っ込んでくれたのです。

引っ込んだあとは、再び出ないようにしなければいけない。じつはぼくは、ぎっくり腰を二度ほどやったことがありました。ですから、自分は腰痛と同時に、ぎっくり腰のキャリアなんだという自覚をしっかりもとうと思いました。

どういう努力をしたかというと、腰を曲げるのではなく、膝《ひざ》を曲げることを極力心がけたのです。腰というのは、クレーンの要《かなめ》のようなところですから、腰を曲げて下を向くと、その一点に過大な重量が集中する。ですから、できるだけ上体を前に傾けないことを鉄則にするように心がけました。腰を曲げずに背筋は伸ばしたまま、膝だけを曲げる。これは慣れるまではちょっと辛いのですが、半年もやっていると、うんと楽になります。

それから、立ったり歩いたりするときには、背骨の真上に頭の重みがくるように気をつける。日本人に典型的なのは、頭を背骨の前に出して、アゴを前に突き出している姿勢です。ところが、胸を広げてそのアゴをぐっと後ろに引き、頭重を背骨の真上にかけると、まず頸椎《けいつい》の負担がずいぶん減ってくる。そして、腰にかかる負担もてきめんに軽くなってくるらしい。

洗面所で顔や手を洗うときも絶対に腰を曲げない。腰は「曲げる」ものではなく、「折る」ものなのです。腰をまっすぐに落として膝を曲げる。床のものを拾うときには、腰から上は直立させたまま膝を曲げて拾う。人に教えられたのですが、右手でものを拾うときは左足を必ず前に出すということも大事です。そうすると腰にかかる負担が格段に少なくなるような感じがあります。両手でものを持ち上げるときも、上体を絶対に前に傾けずに、まず膝をたっぷりと曲げるようにする。

これは、自分が腰痛やぎっくり腰のキャリアだということを意識し、そのキャリアを発症させないことの工夫であって、治療法ではありません。大切なのは、自分が腰痛のキャリアであると考えること。そして膝は曲げるためにあるということを常に頭のなかでくり返し、そうするたびに腰は喜んでいるんだと自分に言いきかせることでしょう。

さて、ここまでは医師もアドバイスしてくれることかもしれません。しかし、それだけでは駄目なのです。忘れてはならないのは、ある動作をするときに、まずからだに向かって語りかけ、言葉で告知することです。

重いものの詰まった箱を持ち上げたりするときには、まず「さあ、いまからものすごく重いものを持ち上げるぞ。いいかい」と、全身に告知する。話しかけて納得《なっとく》させることが大事です。頭から爪先《つまさき》まで、全身にそれを知らせた上で、腰を落として膝を曲げ、ゆっくりとバランスよく持ち上げる。ふだんゆったりしている体に、なにも伝えずに不意に動作を起こしたりすると、意識とからだとの連携プレイができていないときには、ぎっくり腰のような、とんでもないことになったりするのです。

ものを飲み込むときもそうです。からだの老化が進んでいくと、喉《のど》がだんだん狭くなってくるらしい。ですから四十歳を過ぎた人は気をつけなければいけない。大きなものを飲み込むときには、「さあ、いまから飲むよ。いいかい」と、喉によく言いきかせるのです。そうすると不思議に喉が開いて、大きなものをスムーズに受け入れてくれる。

腰とか、喉とか、からだの部分部分に言うだけではなくて、急に駆け出すときや、つめたい水のなかに飛び込むときも、全身に伝達し、告知する必要があります。「さあ、いまから走るぞ」「いまから飛び込むぞ」と言葉でからだの各部にその準備をしてもらうのです。

人間のからだというものはかなり自分勝手に動いていますから、そのからだに対して、いまからすることや、からだに与えるショックを、きちんと予告しておくことが大事なのです。

何かをスタートする前には必ず準備をして、心とからだの回路をつなぐ。それから、ゆっくりとスタートする。そうしながら、心とからだ、からだと心を会話させていく回路をもつことが、人間のいい状態を保つ可能性を開いていくことだと、ぼくは固く信じてきました。

生まれながらにさまざまな病気を抱え込んだ人間が、それと共生しながら暮らしているという状況は、生命に関するいろんなことに当てはまるような気がします。

免疫《めんえき》というのはまず自己と非自己を区別する働きだといわれます。そして、非自己を拒絶し自己を守っていくのが免疫の働きであるとかつては信じられてきた。しかし、現代の免疫論では、免疫の一面には拒絶や否定だけでなく、一面で自己と非自己の共生を探る努力もあるらしいというふうに変わってきています。

たとえば人間はさまざまな寄生生物と一緒に生きている。大腸のなかの雑菌とか、寄生虫とか、そういうものを体内で養いながら、その宿主として生きているわけです。

花粉症が多くなったのは、現代人が清浄野菜さながらに清潔になってしまったからだという説もあります。人間はからだのなかの雑菌とか、皮膚病とか、水虫だとか、そういうものと共生してきたからこそ、多様な免疫をもっていた。しかし、清潔になるにしたがって、免疫の準備の数が少なくなり、杉の花粉のようなものでも、過剰反応を簡単に引き起こしてしまうようになったといわれています。

つまり、人間は四百四病とともに生きていると同時に、多数の寄生生物とともに生きているわけです。

それと同じように、地球上の生物も同じような共生関係で生きている。地球がひとつの生命体であるという考え方もあります。これはぼくには非常に納得できる考え方です。まず、地球には熱がある。潮の満干《みちひき》で呼吸している。それから、自転して動いている。しかも、有限の命をもっているわけですから、これはまさに生命体だろうと思う。

そして、その生命体の上で動物や植物とともに、寄生生物として暮らしてきたのが人間です。少なくとも最初は人間も、地球に敵意をもたれる存在ではなかった。

それが変わってきたのは、人間が科学の進歩というものを信じはじめ、それを利用して地球を征服しようと考えはじめた十九世紀あたりからでしょう。大運河を掘って地球を切り裂き、核実験で大気を汚染し、熱帯雨林の伐採で緑を地球から追いやり、ありとあらゆる方法で地球の生命体を危機に陥《おとし》れることをくり返してきたのが近代の人間です。私たちはそれを文明の進歩というふうに素直に信じてきました。

そうするうちに、やがて地球という生命体が、それまで自己の一部として共生できると考えてきた人類を拒絶し、どうやら人間は地球にとっての「非自己」であると判断しはじめたらしい。

天候の異変とか地震、オゾン層に穴が開いたとか、そういったものがこのところ頻発《ひんぱつ》しています。これが地球の拒絶反応だと考えると、いろいろ納得できるところがあるんじゃないでしょうか。

人間は、自然と調和することによって、地球に養われてきた存在だと、ぼくは思います。しかし、近代ヨーロッパ文明は、人間が地球に寄生してきたという考えを追いやり、自分が地球と自然の主人であるかのように、人間を錯覚させてしまった。その帰結が、今度は地球という宿主から拒絶されるという結果をもたらしているのではないでしょうか。

人間の病いと同じように、地球は地震や津波、火山の爆発、台風など、さまざまな天災を内包しています。その被害をできるだけ少なくするように、地球が発する予兆に耳を澄ませ、地球とネゴシエーションをしながら人間は生きていかなければなりません。

人間のからだのなかにも、同じような病いが存在しています。その病いを自覚して、それをどれだけコントロールして善に転化させていくか。そのことこそ質の高い人間的な生き方なんじゃないかと、最近ぼくは考えるようになってきました。

この「からだの声をきく」ということは、五十代にさしかかってなんとか理解できるようになってきたことです。そして今度は自分の心や頭の考え方を、指先から頭のてっぺんまで全身に伝える方法を、一生懸命にみつけてみようと思っているところです。

いままでの健康法というのは、からだはからだとして、心は心として考えるというふうに、心とからだを区別して考える傾向が強かった。そろそろ人はもともと病気を抱えて誕生するという生命の理《ことわり》を自覚した上で、このへんで健康法も心とからだをつなぐ方向に、一度ぜんぶ切りかえたほうがいいような気がします。

ぼくらの生活のなかには、からだと心に関するさまざまな知恵があります。それは、大げさに言えば、地球と人類の関係を考えることにもつながってくる。心とからだを交流させる日常のささいな工夫のなかに、そういう大きなものを見いだすこと。これも、この短い人生の楽しみのひとつといえるのかもしれません。

第三章　悲しみの効用

堂々とセンチメンタルになる

むかし物理の時間に〈熱伝導〉について教わったことがありました。

AからBに熱が伝導していくときには、温度の高いほうの熱が低いほうに伝わる。そうすると、両方が平均化して高いほうの熱が少し下がり、低いほうの温度が少し上がる。これは当たり前のことですが、世の中のいろんなことにもあてはまるような気がします。

最近はボランティアというのが流行語のようになっています。これも本当は、熱の伝導みたいなものではないでしょうか。満たされているほうから、飢えているほうへ。つまり温かいほうからつめたいほうへ熱が伝わっていく。そうすると、たっぷりもっていた人が少しつめたくなるかわりに、つめたかった人が少し温かくなる。痛みもこちらへ伝わってくる。悲しみを共有することも大事だ。そしてもっと大事なことは、相手に何かを与えたことでなく、そのことでこちらのほうが癒《い》やされるところがあるということです。

熱を伝えるということは、人を励ましたり慰めたりすることにも通じるでしょう。親鸞《しんらん》は「励ます」ことよりも「慰める」ほうが大切だと言っています。これは仏教の根本精神といってもいいんじゃないかとぼくは思うのですが、仏教では〈慈悲〉というものを非常に大切にします。

〈慈悲〉の「慈」というのは慈《いつく》しむという意味です。しかし、ぼくはながいあいだ「悲」というのがよくわかりませんでした。なぜ「喜」ではないのか。なぜ、慈しんで喜ぶではいけないんだろう。

「慈」というのは、古いインドの言葉で「マイトリー」といいます。この「マイトリー」を英訳すると、ときにはフレンドシップという言葉になるんだそうですが、そう言われてみると「慈」という言葉には、微笑《ほほえ》みとか励ましとか、そういう感じがどこかある。

　ぼくはそれを、父親の愛情にたとえたことがあります。父親の愛情というのは、「さあ、そんなにくよくよしないで、立ち上がって、一緒にあの山の頂上を目指《めざ》して歩いていこう。がんばれ」と激励してくれる、厳しいなかにも慈しみのある愛情だと思うのです。

　いっぽう、慈悲の「悲」という言葉は、「カルナー」というらしい。これは思わず知らずからだの奥からもれてくる、深いため息というような意味だと教わりました。韓国語に「恨《ハン》」という言葉がありますが、それとちょっと似ているような気がしないでもありません。

　心の底からの深いため息が出てくるのは、悲しみのどん底に打ちひしがれている人を見たときや、悲嘆の極《きわ》みにいる人のそばに自分がいるときです。それを見て「ああ、人間というのは何と不条理《ふじょうり》なものだろうか」と、深いため息をついてしまう。それは深い人間の連帯感から発するもので、理屈を超えた母親のような愛情ではないかと思います。

　先日、こんな話を聞きました。ある会社の部長さんご夫婦の実例なんですが、大学に通っていたひとり息子《むすこ》が、突然、学校をやめて、ある問題の多いカルト的な宗教団体にはいると言いだした。両親がどう説得してもきかなかったそうです。

そこで父親の部長さんがどうしたか。彼は、まもなく海外支店長のポストが約束されているようなエリートだったそうですが、会社に休職届を出した。そして息子の本棚にある宗教団体のテキストを奥さんとふたりで徹底的にノートに書き写して、徹夜で必死になって読んだという。

そして、読んだ翌日、ここのところはどうしても自分には納得《なっとく》がいかない、君はどう思うか、と息子さんと話し合いをする。そして次の日はまた一晩中一睡《いっすい》もせずにテキストを読んで、翌日また議論するということを、毎日くり返しくり返しやったんだそうです。お母さんのほうは泣きながら、毎晩お父さんの手伝いをして、ノートの書き写しをやっていた。

そういうことを何カ月かくり返しているうちに、息子さんがポツンと、「ぼくはあそこにはいるのをやめた、やっぱり、お父さんたちの言うように、自分にも納得いかないところがあるから」と言ったそうです。

息子とくり返し議論を続けた父親と、眠らずにテキストを書き写し、ふたりの問答を泣きながら横で聞いていたという母親。これは「慈」と「悲」の両方、マイトリーとカルナーが、現代社会に現れたひとつの形だと、ぼくは思いました。

ひとりの人間が決断したものを、変えさせようとするのは、なみたいていのことではありません。あとで聞いたら、その団体はのちに大きな事件をひきおこした教団だったそうですが、息子さんがその宗教団体にはいると言ったのは、彼の心のなかに大きな魂《たましい》の飢えがあったからにちがいない。

そのときに両親が全身全霊で自分たちの愛情を息子さんに伝えた。つまり、精神的な〈熱伝導〉をしたわけです。息子さんは論理に屈したわけではなく、すべてをなげうって彼を理解しようとした、その両親の熱に考えを変えたのではないでしょうか。

泣きながら息子のテキストを書き写したというお母さんの話を聞きながら、ある人のこんな話を思い出しました。子供の頃《ころ》、どうしてもお金が必要になって、夜中に母親の財布からお金を盗んだとき、それをみつけた母親が、怒るでもなく、諭《さと》すでもなく、涙をいっぱいためながら、何も言わずに悲しそうな顔で彼をじーっと見つめていた、という話です。

その母親の涙を見て、彼はもう二度と盗みはしないと心に誓ったそうですが、それは母親の涙のなかに、深い悲しみと、子供に対する思いやりがあふれていたからでしょう。

なんとなく「一杯のかけそば」を連想して眉《まゆ》をひそめる人もいるかもしれません。たしかに古くさい感傷的な話ですが、それを馬鹿《ばか》にするのはまちがっているとぼくは思います。そんなふうに、黙って子供の手に自分の手を重ねるような、情に満ちた愛情が「悲」というものなのです。彼が二度と盗みはしないと誓ったのも、母親の深い「悲」のため息が、強烈に彼の心に響き、〈熱〉として伝わってきたからにちがいありません。

〈熱〉を相手に伝えるためには、相手の悲しみや苦しみを自分のほうに引き受ける、精神的な「悲」の蓄《たくわ》えを自分のなかにもっていることが必要です。

だから大切なことは、まず自分のなかにある愛情や心の豊かさ、そういうものの〈熱〉を常に上げていくことだと思います。そうすることによって、自分のなかの「悲」の心もふくらんでくる。

自分のまわりの人を見回してみるとよくわかります。そばに行くと心が冷えるような人には、なかなか近づいていけません。逆にそばにいるとこちらのからだが温まってくる人のまわりには人が集まってくる。恋愛にしても、友情にしても、人間の関係というものは、すべてそうしたお互いの〈熱〉の高さで決まってくるものではないか、ぼくはそんなふうに考えています。

〈慈悲〉の「慈」は知恵、「悲」は情愛と言いかえることもできます。この両方があって、初めて〈慈悲〉になるのでしょう。

ところが近代社会では、「慈」のもつ人間の知恵や合理《ごうり》性のほうが大切にされている。そして、笑いは知的で高級なものとされ、その反面、情愛である「悲」の部分、つまり涙とか悲しみを、原始的なものとして馬鹿にする傾向があります。

たとえばフランスの喜劇は非常に高級なもののように思われていて、本当の芝居は喜劇だなどと常にいわれますが、その反面、悲劇に関しては「お涙頂戴《ちょうだい》もの」などと軽蔑《けいべつ》されることが多い。

「メロドラマ調」という言葉が一般に悪口として使われていることを考えてみますと、十八世紀以来、人間の知性を強調し、科学と合理性を大事にする文化のなかで、涙、悲しみ、情感、情念、感傷といった「悲」の部分が、非合理なものとして、不当に軽《かろ》んじられてきたことがよくわかります。

しかし、人間の情や情念の働きといったものは、本当は人間の知恵と同じくらい大切なものではないだろうか。それを比較することは、母親の愛情のほうが大事か、父親の愛情のほうが大事か、ということと変わらないような気がするのです。

演劇は細胞を活性化する

前に八十八歳の滝沢修《たきざわおさむ》さんが『修禅寺《しゆぜんじ》物語』で、夜叉王《やしやおう》の役を見事に演じきったのを見ました。このお芝居には一日二回興行の日もあるそうです。あのハードな役作りと稽古《けいこ》と公演日程を、八十八歳の人がこなせるのは、なんとすばらしいことだろうと思ったのですが、役者さんというのは、一般に長生きの人が多いらしい。

それはやはり、芝居という短い時間のなかで、劇的に感情の振幅《しんぷく》を広げて、大きく喜び、大きく悲しむという密度の濃い瞬間を、役者さんたちはたくさんもっているからでしょう。芝居を見にくる人は、なにかしら心の飢えや空白があるわけですから、そういうお客さんたちを感動させるためには、精神のボルテージをものすごく上げなければいけない。

俳優術というのはある意味で、瞬間的にどのように沸騰《ふっとう》でき、かつ瞬間的に深く悲しむことができるかということを、くり返し日常やっていくところに尽きると思います。うわべのテクニックだけではだめなのです。やはり心のなかで本当にその人間になって、深く喜び、大きく笑い、深く悲しみ、深く傷つくことを、瞬間的に体験しなければならない。

そして、いい芝居というのは、そういう高い熱をもった役者さんたちから、観客も舞台を通じていろんなものを〈熱伝導〉されて、自分のなかの冷《さ》めたものが温かくなってくる体験なのではないでしょうか。

ですから、笑いをほしがる人は、喜劇を見て笑うことによって、自分の心が温かくなるのを感じるわけです。心が活性化されると同時に、細胞も活性化されますから、いろんな障害に対する抵抗力もついてくる。

一方で悲劇を見に行くのが大好きな人もいます。ぼくは先日、佐久間良子《よしこ》さんの『新版・滝の白糸《しらいと》』を見ましたが、これは本当の古風な大悲劇でした。芝居を見ていると、相当なつくり話で、無理があるなと思いつつも胸にぐっとくる。思わず目頭《めがしら》が熱くなるような場面がたくさんありました。

新派悲劇とか母ものというと、若い人は敬遠するでしょうが、映画を見たりしてグショグショに泣いたあと、気持ちがすっきりするというのは、誰でも体験することです。ぼくはそれが一時のまやかしであるとは考えません。それも何らかのかたちで人間の精神活動や肉体活動に、いい影響を与えるにちがいない。

ですから、人間はできるだけたくさん笑い、できるだけたくさん涙を流し、ときには目いっぱい怒る必要がある。そういう喜怒哀楽《きどあいらく》の感情を深く味わって、自分のなかの〈熱〉を高めることが、結局はその人がいきいきと健康に生きていくうえで、大事なことではないかという気がするのです。

この数百年のあいだ、世界を支配してきたのは、科学主義と合理主義でした。しかし、千年単位の大世紀末を迎え、ようやくその合理主義の壁が、否応《いやおう》なしに崩れかかってきたように思います。

ボスニア・ヘルツェゴビナやルワンダの例を見るまでもなく、民族紛争や宗教紛争という形をとって、民族的な情念や怨念《おんねん》がいま、世界中でいっせいに噴き出しています。どんなに国連が知的で合理的な対応をしようとしても、どうにもなりません。情念や怨念というのは意識下の「悲」の部分が大きく作用していますから、知の部分、つまり「慈」だけでは解決できないのです。

いま、時代が求めている新しい方向のキーワードは、そのカルナーという情の部分、つまり「悲」のほうではないかとぼくは思います。共生の時代ということがしばらく前から盛んにいわれていますが、これを実現するためにはヒューマンな「慈」に加えて、トレランス、つまり寛容が考えられなければいけない。その寛容を含んでいるのもまた、「悲」という概念です。

〈慈悲〉という言葉は、人間世界を構築する知と情の大きな働きを暗示する重要な思想だとぼくは思います。しかしいまの世の中には「慈」はふんだんにあるけれど、「悲」があまりにも少ない。だから、人間はもっともっと、センチメンタルになる必要があるのではないでしょうか。それも堂々と。

以前、ぼくの本のなかに出てくる「悲しみ」という章に興味をもったという高校生から、一通の手紙をもらったことがありました。

彼女はそれまで、常に目標をもってがんばれとお尻《しり》を叩《たた》かれつづけてきたので、孤独になったり、センチメンタルになったり、めそめそしたりすると仲間外《はず》れにされるのではないかという恐怖があったらしい。でも、ぼくはいつも悲しいときにはおおいに悲しむことが大事だと書いてきました。

「そうなんですね」、と彼女は書いてきたわけです。それまでは、悲しい気持ちがあっても、それをごまかして道化《どうけ》を演じることでかろうじて生きてきた。だけど、もう限界だと。これ以上は無理だと感じ、仮面をつけて生きていくエネルギーがなくなった、と。でも、これからは誰に遠慮することもなく、悲しい顔をすることにします、とそう書いてあったのが印象的でした。

ぼくはこれを読んで、その少女が本当に可哀想《かわいそう》な気がしました。「悲しいときには悲しんでいいんですね」というような言葉を、少年や少女が発せずにはいられない教育や社会の現状をまざまざと見て、いまの子供たちは本当に大変だなと思わずにはいられなかった。しかし、合理主義や科学主義が破綻《はたん》しているいまの状況のなかで、それと反対のものの大事さに、普通の人がすでに気づきはじめているな、ということも、同時にそこで感じたのです。

たまたまある若い女性のシンガー・ソングライターと対談をしたときに、阪神淡路《あわじ》大震災の前とあとで、詞の作り方が変わってきたという話が出ました。それまでは、メロディーに合わせてあとから詞をつけるというやり方をしていたのが、いまは自分の言葉をポツンポツンと鉛筆で綴《つづ》るということから始めるようになったと。

それはどういうことかというと、あの阪神淡路大震災の焦土《しょうど》のなかで、なにかが不意に失われたという感覚を彼女はおぼえたらしい。それが新しいテクノロジーのなかで音楽という仕事をしている自分自身に、いまの音楽には人間が不在だという感覚ではねかえってきた。だから、まず言葉から始めようということになったという。

焦土のなかからもういっぺん、人間といういちばん素朴な原点に立ち返ると、心がそういうアコースティックなものにおのずと結びついてくる。それからオーラルな表現というのも、そこからまた出てくるわけです。人間の肉声が聞こえるような、そういう言葉がほしいと。

たぶん、あのとき彼女はいまが世紀末だということをすごく実感していて、その世紀末をどう生きるかということを、真剣に考えていたのではないでしょうか。あの震災のまっ最中にレコーディングをやっていて、テレビでボランティアとして若い人たちが神戸に駆けつけていくのを見ながら、ここで音楽をやっていていいのかと、彼女は非常に悩んだそうです。

彼女が言っていたのは、自分以外にも全国で何十万、何百万という若い人たちが、自分はボランティアに行けなかったということで、悩んだり、後ろめたさを感じたにちがいないということでした。

ぼくはかつて「それぞれの人がそれぞれの立場でそれぞれのことをやる。それもまた大切なことなんだ」と書いたことがあります。彼女はそれを読んでほっとして、歌を作って音楽をやるのが自分のボランティアだと覚悟が決まったんです、と言っていましたけれど、そういうことを思想家とか運動家ではなく、ひとりのシンガー・ソングライターが、素直にどんどん言う時代にきているということは、とても感動的なことだと思います。

いま、あらゆるところで人間の復活、人間の再生ということが求められている。しかし、希望や目標が見えないというのが本当のところでしょう。経済的な繁栄に代わるものが見えてこない。

では、どうすればいいのか。

それは、当たり前のことのようですが、人間は人間に立ち返ろうということです。

かつて戦後の混乱期のなかで、坂口安吾《あんご》は『堕落論』を書き、人は堕《お》ちよ、堕ちて生きよと言い、田村泰次郎《たいじろう》は肉体主義を唱えて、肉体の原点に返ろうと言った。また、サルトルはたったひとりの自己の存在に立ちもどって、アンガージュマンという社会参加の思想を展開したわけですが、信じるべきものが目の前に見えないときは、人は再び人間の原点に立ち返るものらしい。

ですから、できるだけ映画や芝居を見ておおいに泣く。そして笑う。悲しいときには、思い切り悲しむ。

これまで近代のなかでなおざりにされてきた、〈慈悲〉の「悲」の部分を大きく揺さぶることで自分の内側を波立たせ、細胞を活性化させて、自然の治癒《ちゆ》力を回復するところから、とりあえず始めてみる。さしあたり、それが人間に戻る第一歩だと、ぼくは考えているのです。

第四章　あきらめる人間

アウシュビッツの教訓から

　この国が第二次世界大戦で連合国軍に敗れたのは、もう五十年以上も前のことになります。その終戦のとき、ぼくはかつて日本帝国の植民地だった朝鮮半島に住んでいました。日本に戻ってきたのは翌年の冬ぐらいだったでしょうか。ぼくが十四歳のときだったと思います。その引き揚げの極限状態のなかで、たくさんの人たちが、日本の土を踏むことなく途中で亡くなってゆきました。

　はっきり言うと、あの体験をきり抜けて生き残ることができたのは、どちらかというと、非常にエゴの強い人たちだったのではないか。こうして母国へ戻ることができたのは、人を押し退《の》けて、たくさんの人の犠牲の上に生き延びた人間だけだった。そういう口に出せない痛みが、いまもぼくのなかにあります。

いや、その人たちが生き延びたのは、決して生きることをあきらめなかったからだという、言い方もあるでしょう。

あきらめずに、あくまで闘い抜くぞと自分に言いきかせる。それが危機のなかで人間が生き抜く知恵だということは、これまでくり返しいわれてきました。ですから「あきらめる」という言葉には、非常にネガティヴなイメージがあります。

しかし、「あきらめる」というのは、本当に悪いことなのだろうか。そんな疑問を、ぼくはかねがねもってきました。

今回はその「あきらめる」ということを、視点を変えて考えてみたいと思います。

以前、作家で探検家のC・W・ニコル氏と話したことがあります。そのときに、彼が言っていたのは、極地探検のようなときに最後までがんばれるのは、〝礼儀正しい人〟だということでした。

ニコル氏によれば、体育会系の一見バンカラで、ものすごく強そうな人が、脱落していったりする。逆に、そんな極地のサバイバル生活のなかでも、きちんとヒゲを剃《そ》ったり、身だしなみを忘れない人のほうが、最後まで粘《ねば》ったというのです。

ぼくがおもしろかったのは、一見強くて馬力《ばりき》のありそうな人が、意外ともろいということです。反対に礼儀を大切にするような、一見繊細な人のほうがじつは強かったという話が、非常に印象深かった。

極限状態からの生還ということで、もうひとつ思い出すのが『夜と霧』という本です。これはナチスのユダヤ人強制収容所の体験を扱った有名な本ですが、その著者はフランクルというウィーンの精神科のお医者さんです。

ユダヤ人であるフランクル医師は、第二次世界大戦中、家族と一緒にアウシュビッツの強制収容所に入れられ、妻も子供もみんなそこで亡くしてしまう。しかし、彼自身は奇蹟《きせき》的に生き残って、戦後、解放されるわけです。

では、どういうタイプの人が強制収容所で生き延びて、生還してきたのか。

フランクル医師は、自分は苦しい状況のなかでも、〝ユーモア〟を忘れないように心がけたと言っています。

ジョークのひとつも出ないような追い詰められた状況のなかで、彼は収容所の仲間のひとりと約束をします。一日にひとつずつジョークを考えてきて、お互いにそれを披露し合おうじゃないかと。

仲間は次々とガス室に送られ、銃殺され、あるいは餓死していきます。その地獄のような収容所の生活のなかで、彼らはお互いに顔を合わせると、ひとつずつジョークを披露しては力なく笑い合った。

そういうことが、人間を支えていく上での、ものすごく大事なことなんだと、ぼくは教えられました。ユーモアというものが、そんなときに力を発揮するというのは、とても示唆《しさ》深いものがあります。

『夜と霧』だけではなく、強制収容所から奇蹟的に生還した人たちの記録を読むと、同じような示唆的な話がたくさんあります。

ある人は、こんなことを語っていました。栄養失調で枯れ木のようになったからだを横たえていたら、夜にアコーディオンの音が聞こえてきたそうです。「あっ、あれは昔、ウィーンで流行《はや》っていたタンゴだ」と、よろよろと立ち上がり、窓のすきまからその音に耳を澄ませた。そして、いつの間にか、浮かんできた懐かしい思い出を独《ひと》り言《ごと》のようにつぶやいていた。そういう思い出の数々をよみがえらせることで無感動から救われ、その人は不思議に生き残ることができたと。

また、死体を埋める強制労働のさなかに、水たまりに映った夕陽《ゆうひ》に、「ああ、レンブラントの絵のようだ」と感動したという人も、収容所の過酷な生活を生き抜いています。

フランクル医師が語るユーモア。そして、ほかの生還者が収容所のなかでももちつづけた、音楽や美に対する感受性。それらが、じつは危機状態のなかで生命力を支え、人間を励ましてくれるものなのだということを、ぼくらは彼らの体験を通して知るのです。

「人間を支えるものは何か」というときに、よくいわれるのは、絶対にあきらめない気力とか、それに打ち勝ってみせるという強い意志です。そして、宗教的な信仰の深さだとか、獄中を耐え抜くような思想の強さだと。

しかし、ぼくはそれだけではないような気がする。

もちろん絶対にあきらめないという強い意志も大切でしょう。しかし、もっと大事なことは、どんなに絶望的な状況のなかでも、美しいものに心を引かれる豊かな感受性や、ユーモアを忘れないしなやかな心をもちつづけること。それが何よりも大きな力になるように思われて仕方がないのです。

「あきらめる」ということは、とても受け身で、弱々しいことのように思われています。

その反対に、積極的な生き方とされているのが「あきらめない」ということです。この考え方には、ルネッサンス以降の人間中心思想が、大きく影響しているように思います。ルネッサンスはご存じのように、十四世紀から十六世紀にわたって、イタリアのフィレンツェを中心に起こった文芸復興運動です。そこで豊かな市民階級を中心に、新しい人間回復の息吹《いぶ》きが起こり、さまざまな芸術や文化が栄えた。

それ以前の時代は、神と教会が絶対だったと言っていいでしょう。そして、特別に選ばれた権力者や王族でもない限り、普通の人間など取るに足らない存在だと思われていた。

そうではない、人間は神さえも創《つく》り出した偉大な存在なのだ、だから、個性を伸ばし、知識を育て、科学を発展させることによって人間は、この地上を支配することもできる。そんなふうに人間に対する信頼が熱く燃え上がったのが、ルネッサンスでした。

それは人間中心主義といってもいいし、ヒューマニズムといってもいい。そういう西欧のルネッサンスの影のもとで、明治開化以来私たちはずっと生きつづけてきたわけです。

しかし、それ以降の西欧社会は、次第にその人間中心主義をねじ曲げ、科学万能、人間万能の合理《ごうり》主義に変質させてしまった。それは、自然に対して人間の存在の偉大さを証明する時代への、移行でもあったと思います。そしておごり高ぶった人間は、それまで神々の住む聖地とされてきたチベットの高山すらも「征服」していく。

以前、日中のテレビ会社が協力して制作した、ヒマラヤの高い山を征服する実況を見たことがあります。

雪の絶壁で、蟻《あり》のようにロープにぶら下がってビバークしている人間の姿。そして、雪嵐《ゆきあらし》のなかを一歩一歩、山頂を目指《めざ》して登っていく姿。それはやはり感動的でした。人間というものは、何とすごいものだろう、あんなものにさえも挑戦して、それを征服していく、すばらしい、人間は偉大だという感動です。

しかし、こうした近代登山では、途中に「ベースキャンプ《前進基地》」をつくり、山を「アタック《攻撃》」します。つまり、山を敵と考えて、攻めて打ち負かすという姿勢がどこかにあるようです。

それは、ほかの国を侵略し、植民地にするという帝国主義の考え方に一脈通じるのではないかと、ぼくは思ってきました。信仰の対象として山を拝み、山を愛し、その息吹きに触れることを忘れてしまった現代の人間の姿がそこにあるような気がしてならなかったのです。

かつて人間は、自然を畏怖《いふ》し、愛し、尊敬し、その前にひれ伏して謙虚に生きてきました。しかし、いつの間にか人間は、自分たちが自然を支配する主人公だという傲慢《ごうまん》なおごりを、育ててきてしまったらしい。

進歩という概念、健康という概念にも、その考え方が伝わっていると思います。だから、病気というものが目の前に立ちはだかると、あきらめることなくそれと闘って、打倒して健康を取り戻すという考え方になるのでしょう。

しかし人間には寿命《じゅみょう》というものがある。それは、宇宙そのものが有限であるということと同じように、絶対に動かしようのない事実なんです。

自分たちの存在が有限で、無限の命などというものはないんだということを、ぼくらはこのへんではっきり知るべきでしょう。これがいい意味での「あきらめる」ということだと、ぼくは思います。

「あきらめる」というのは、じつは「あきらかに究《きわ》める」ことだといわれています。物事を明らかにし、その本質を究めること。勇気をもって真実を見つめ、それを認めることが、本当の「あきらめる」ということであるらしい。

近代の人間万能主義の世界では、人間に不可能はないと考えられてきました。人間はその個性を伸ばして、努力をしながら才能を広げていけば、月へも到達できる。敗れることのない者、それが人間だというふうな、声高な人間讃歌《さんか》が歌い上げられてきた。

しかし、人間はいつかは必ず敗れる存在です。どんなにがんばっても、百年前後のあいだには、この世を去っていかなければなりません。

どんなに美しい女性も、若々しい青年も、確実に老いていきます。残酷な言い方ですが、体型は崩れ、視力は衰え、歯も、皮膚も、すべてのものが老化の一途をたどっていく。そのことを、ぼくたちは、はっきりと認めて受け入れなければいけないのです。

前にも書いたように、人間は生まれたときから死を抱《かか》えた、いわば死のキャリアです。だから、完全な健康などというものはありません。永遠の青春などというものもない。

人間というものは、くり返し生まれ変わりながら、この宇宙のなかを漂い流れていく、塵芥《ちりあくた》のような存在であるという事実を、ぼくらは受け入れる必要があるのです。

それを認めて、納得《なっとく》することをじつは「あきらめる」というのです。しかしそれは、最初から投げ出すということとは、ちょっと違う。

人間は、この病気や危機に打ち勝つぞ、と思っただけでは、状況を克服することはできません。それよりも、むしろ、人間の命は有限であると、まずしっかりあきらめることです。そして、いま生きていることへの感謝の気持ちをもったり、生きているこの瞬間を十分に味わう。そういうしなやかな心をもつことのほうが、危機に際して、人間をサバイバルさせる大きな力になると思います。

しなやかな心は、死と対決してそれを否定するなかからは生まれません。死を見つめることを通して生《せい》を見つめ、それを迎え入れるなかから生まれてくる。それが「あきらめる」ということではないかと、ぼくは考えているのです。

親鸞が深く究めたこと

親鸞《しんらん》という人は、近代の思想家からもたいへん尊敬されている中世の宗教家です。そして親鸞は、じつは中世でもっとも強く「あきらめる」ことに到達した人です。

では、彼は何をあきらめたのか。

それは自分の欲望や煩悩《ぼんのう》から、とうてい自力《じりき》で解脱《げだつ》することなど自分にはできないということ。

親鸞は二十九歳まで比叡山《ひえい》で厳しい修行《しゅぎょう》をして、大変な才能の持ち主だったといわれます。しかし、どんなに修行をしても、自分のなかに邪心や欲望の火が燃えさかるのを抑えることができなかった。

そして結局、彼は悟《さと》るのです。

「自力では悟れぬものと悟りたり」と。

つまり親鸞は、自分の力では解脱することは、とうていできないとあきらかに究《きわ》めたわけです。修行して解脱ができる人も世の中にはいるかもしれないが、自分にはできない。そして、自分がこんなに修行しても解脱ができなかったんだから、一般の世間の人たちにはとうていできないだろう。人間というのは、終生、解脱とは縁遠い存在であると、あきらめるわけです。

そこから親鸞は、そういう煩悩を抱えたまま、人間が新しい喜びの境地に生きることはできないものかと考えはじめる。

親鸞の開いた信仰というのは、人間の煩悩を捨てよとは決して教えない他力《たりき》の思想です。そこがほかの宗派と歴然と違うところでしょう。

人は煩悩を抱えたままで生きていくのだと、親鸞は言います。煩悩を抱えることによってこそ、仏の光に出会うのだと教える。

つまり、これはあきらめの宗教といっていいでしょう。しかし、あきらめきったところから物事が明らかになり、それを究めきったところに、本当の意味での静かな強さというものが生まれてくる。

危機のなかで、人間の命を支えるものというのは、じつはそういう静かな強さではないか。

このところ毎日のように大変な事件が続いています。これから先も、経済的な危機や、地球環境の悪化がますます続いていくでしょう。

半世紀前のアウシュビッツは目に見える極限状態でした。しかし、ぼくたちがいま生きてるのは、地球の危機や環境汚染に囲まれた、目に見えない極限状態だという気がします。

高速道路の分離帯で、排気ガスでまっ黒になりながらも、健気《けなげ》に花を咲かせているキョウチクトウを見ていろんなことを考えます。

ぼくはあの花を見るたびに、生命力というのは何とすごいものなんだろうと思う。

それと同じように、人間もそういう状況のなかで、これから先もたくましく生きていかなければならない。だからこそぼくたちは、極限状態のなかに収容されているという認識をもつことが必要なのでしょう。そして、そのなかで健気に生きる自分たちを、いとおしむ心をもつことも。

しかし、それは暗い気持ちで、悲観的に世の中を生きていくということではありません。いままでいわれてきた「あきらめる」ということとは違うのです。

ぼくたちの生きている現実。それから、そんな状況のなかでも生きていることのすごさ。それを明らかにして、見て、納得する。そういうことが、いま、とても大事なことのように思うのです。

ぼくたちはいろんな現実に半分、目をつぶって、「がんばれ」とか「あきらめるな」という、掛け声だけで生きていこうとしています。そうではなくて、ぼくたちを取り巻く現実をはっきりと認識し、あきらかにして究めきる。

そのなかから、生きていこうという静かな生命力がわき上がってくると、ぼくは信じています。そういう気持ちになれば、きょうという一日を過ごす喜び、美しい音楽や絵や自然に対する感動も、おのずと生まれてくる可能性がある。そして、そのなかで健気に生きている自分のからだに対する愛情も自然とにじみ出てくるはずです。

こんなひどい環境のなかで、からだは本当によくやっているなあ、こんな状況のなかでよく自分を支えてくれているなあと、自分のからだに謙虚な感謝の気持ちをもったとき、からだのほうも心に向かって、微笑《ほほえ》みを返してくれるかもしれません。

強くあるだけが生きていく術《すべ》ではないと、ぼくは思います。静かな強さ、優しい心をもつことは、それ以上に大切なことです。永遠の勝利を信ずるなかからではなく、いつかは死によって敗れる者としての「あきらめ」のなかから、もう一度再生する人間。

これをぼくは第二のルネッサンスといってますが、いまほどそのルネッサンスが必要な時代はないのではないでしょうか。

第五章　身を守るために

不潔もそれほど悪くはない

一週間ほど前から思いがけなく、瞼《まぶた》の裏がまっ赤に充血してしまいました。ものもらいかとも思ったのですが、どうもそうではないらしい。はやり目とか、ただれ目とか、いろいろあるのでしょうが、べつにこれという痛みもなく、視力にも差しつかえはないので、そのまま放《ほう》っておくことにしました。

それにしても白目のところまでまっ赤になっているのは、なんだかウサギみたいで気味が悪いものです。毎日、鏡を見ながらたしかめていたのですが、ようやく数日前から少しずつ赤みが去っていって、どうやらきょうはもとどおりになりました。

何かの雑誌で読んだのですけれども、夏はこんなふうに目に異常を起こすことが多いらしい。その原因の大きなもののひとつに、不潔な指で目をこする、ということがあるのだそうです。

考えてみると、思いあたることは多々あります。電車のなかで吊《つ》り革に触る。映画館に行く。いろんな店で品物に触れる。またタクシーにも乗る。そんななかで、さまざまな目に見えないものが、爪《つめ》のあいだや指先にくっつくことは当然でしょう。

外から帰ってきて手を洗うという習慣が、ぼくにはこれまでありませんでした。こんなことを言うと、大げさに眉《まゆ》をひそめて呆《あき》れた顔をなさる読者もいるはずです。

先日、ある大学で三百人ほどの学生を前に雑談をしたとき、ぼくが、「だいたい髪の毛のシャンプーをするのは年に四回、春、夏、秋、冬に一回ずつにしている」と、言ったところ、どよめきとも嘲笑《ちょうしょう》ともつかぬ声が津波のように教室にわき上がったものでした。

朝シャン、などといって毎朝、髪の毛を洗ったりする最近の若い世代にはたぶん、ぼくが冗談を言っていると思われたんじゃないでしょうか。しかし、ぼくの親しいドクターは慨嘆《がいたん》するようにこう言っていました。

「毎日、髪の毛を洗って頭部の皮脂を洗い流してしまうなんて、そりゃいくらなんでも無茶《むちゃ》だよ」

一説によると、最近、ウィッグ産業が大変な好況だそうです。たしかにテレビを見ていても、かつらのコマーシャルは多い。どうやら三十代の後半から四十代にかけて頭髪が薄くなってくる男性が激増しているようにも見うけられます。周囲を見ていても、そんな気がします。これはまったくの独断ですが、最近の男性の頭髪の活力のなさは、ひょっとしたら少年時代から毎日、シャンプーをしつづけたせいではあるまいか、と思えてなりません。

前にも言いましたように、物事には、ほどほど、ということが大事なのです。いい加減《かげん》、ということ、そのちょうどよい加減を保つというのはなかなかに難しいことですが、私たちはふだん、どちらかに偏《かたよ》りすぎている。ぼくのように春、夏、秋、冬、年に四回、大掃除をするようにシャンプーをするというのも、ちょっと偏りすぎていますが、しかし、毎日、髪の毛を洗うというのは絶対にいきすぎだと思わざるをえません。

同じことが、清潔、という問題にもあてはまるのではないでしょうか。外出から帰ってきたら必ず手を洗う。食事の前には必ず手を洗う。それはいわば常識です。

しかし考えてみると、ぼく自身、六十何年間生きてきたなかで、意識して手を洗ったことは、一度もありません。たぶん雑菌がうじゃうじゃついた手で目をこすった罰《ばち》で、こんなふうに目がまっ赤に腫《は》れあがってしまったのだろうと思います。

しかしそれも、一週間ほどでもとどおりになりました。もちろん目薬などはできるだけ使わないようにしました。抗生物質とか、いろんな新しい成分のはいった目薬などが続々と売り出されていますけれども、素人《しろうと》が薬品を使うというのは相当、大胆なことなのです。

市販されている薬品にはどれも、使用に際しては医師にご相談くださいとか、医師の指示を受けて注意深く使用してくださいとか、いろんなことが説明書に明記してあります。しかし、町の薬屋さんで薬を買って、わざわざ医師に相談して使うユーザーがはたしているかどうか、ぼくは疑わしく思います。

不潔な手で目をこすったために、とんだ目にあうというのは、たしかに災難ではありますが、しかし自分のなかに自然治癒《ちゆりよく》力というべきか、免疫力《めんえきりよく》というべきか、いわばおのずと回復する何かの力が存在することを確認できたようで、ぼくは正直なところ、ほっとしました。

せめてこれから一日一回ぐらいは手を洗おうとも考えたのですが、しかし、この歳《とし》になって新しい習慣というのは、なかなか身につくものではありません。あいかわらず不潔な指をぺろりとなめては本のページをめくり、手づかみでタクアンをかじり、ときには眠い目をこすりながら徹夜で原稿を書いたりもしています。心のどこかで、あまり清潔にしていると本来人間がもっている抵抗力が失われるんじゃないか、という気持ちがあるのかもしれません。

テレビなどでインドへ旅をする番組があります。ガンジス河で沐浴《もくよく》をしている人たちや、口をゆすいだり、またはその水をありがたそうに飲んでいたりする光景が映し出されます。

河の水は泥で濁っているし、岸辺では亡くなった人を焼いている煙も立ちのぼっています。死んだ家畜もぷかぷか流れているし、あらゆる生命の姿がその河の水のなかに流れ、運ばれていく。たぶん、あの水をいまの清浄野菜のような日本の若者たちが飲んだとしたら、たちまち下痢《げり》をしたり寝込んだりするのではないでしょうか。しかし、インド人の少年少女たち、そして信仰あつい人びとは、いきいきとその水のなかで祈り、たわむれ、そして沐浴をしているのです。

先頃《さきごろ》、バリ島で日本人の旅行者だけがやたらと伝染病めいた症状を呈《てい》して、話題になったことがありました。

それについてはいろんな解説がされています。日本人は生ものが好きなので、現地でもよく魚を食べるせいだとか、氷のはいったつめたい飲みものを飲みすぎるせいだとか、いろいろいわれていますけれども、ぼくの考えではたぶん、現代の日本人の抵抗力のなさ、自然治癒力の弱さそのものが大きな原因ではないか、と思えてなりません。

先日読んだ本のなかで、こういうおもしろい統計があって記憶に残りました。それは、子供の頃《ころ》にたくさんケガをした経験をもつ人間ほど大人《おとな》になって交通事故にあいにくい、というデータなのです。

たとえば、ジャングルジムから落ちて骨折するとか、ブランコから落ちてほっぺたをすりむくとか、自転車に乗ってころんですり傷をつくるとか、ナイフをいじっているうちに思わぬケガをしたとか、子供の世界にはありとあらゆる冒険や危険がみちみちています。

そんななかで何度も何度も思いがけぬ事故に出会い、ケガをし、痛い目にあいながら成長していった人間ほど、大人になって交通事故にあったりすることが少ない、というのはおもしろい指摘ではないでしょうか。

考えてみると、ぼくは自分で車を運転し、また、タクシーをはじめとする交通機関も人一倍利用し、ときにはバイクに乗ったり、混雑する街のなかを無茶苦茶《むちゃくちゃ》に歩きまわったりもして暮らしています。幸運なことに、これまで事故というような事故にあわずに過ごせたのは、まったくの偶然だろうとは思いますが、ひょっとすると子供の頃にやたらとケガをしたり失敗をしたりしたおかげで、多少は動物的な危険回避の能力が発達しているのかもしれません。

ケガをするのも学習のうち

むかし小学生は、筆箱のなかに必ず鋭いナイフを入れて持ち歩いていたものです。折りたたみ式の和風のナイフで、肥後守《ひごのかみ》、と呼ばれていました。先は鋭くとがっていて、その気になれば相当、危険な刃物です。鉛筆を削るため筆箱に入れておくのですが、本来の用途以外のいろんなところでヒゴノカミはたいへん役に立ちました。

しかし、それと同時にそれで指を切ったり、あるいはケガをしたりすることもしばしばあったようです。ごくまれにはクラスの乱暴者に対して、自衛のためにヒゴノカミを握って身がまえるという、そんな経験もありました。

いま考えてみると、なんだか、生徒たちがみんな一本ずつ鋭利なナイフを持ち歩いていたというのですから、ちょっと危ない気がしないでもありません。

しかし、それでも当時はまったく自然なことでしたし、そのことで大きな事故が起こったためしもありませんでした。少なくとも当時の子供たちは一本のヒゴノカミを日常持ち歩くことで刃物を使うという感覚を身につけ、刃物の危険さや恐ろしさや、それで自分を傷つけたときの痛みなどを学習することができたのです。そのことは大人になってずいぶん役に立っていたのではないでしょうか。

考えてみれば、この日本という国は、まことに過保護な社会ではあります。時代が進むにつれて、ますますその傾向は強くなってきました。

先日も新聞記事に、ある町で行われる直前までいっていたソーラー・カーのレースが警察の要請で中止になった、というニュースが出ていました。ソーラー・カーというのは太陽の光をエネルギーとして車を走らせようという、いわば環境に優しい新しい乗り物です。

お役所の側の言い分は、最近ではソーラー・カーも性能が向上して、八十キロちかくスピードが出るようになってきたから、公道でのレースは危険である、また、ソーラー・カーのレースが人気を集めるようになってきて、多くの見物客や応援者たちがふえてくるので安全が保障できない、というようなことでした。

しかし、これはいかにも平成ニッポンの過保護社会の象徴のような気がしないではありません。自動車レースを見るということは、走る側の人間もそうですけれども、観客たちもそれぞれが自分で自分の身を守るという、そういう前提のもとに行われるものなのです。

世界中どこでもラリー競技とか、スピードを競うレースが行われますが、見物客はほとんど規制されることなく、危険とも思えるコーナーに陣取って声援を送ります。すれすれのところをレーシング・カーがドリフトしながら走り抜けてゆく。いつ大事故が発生するかわからないきわめて危険な風景です。しかし、文明国といわれる国では、いつもそんなふうにレースが行われていて、誰もそれを非難したり怪しんだりはしません。

かつてこの国でも、喧嘩《けんか》祭りとか、あるいは神輿《みこし》同士をぶっつけあうような、一見きわめて危険な祭りがあちこちで行われていました。いまも、だんじり祭りなどに、いくつかそういうおもかげが残っています。そのつどケガ人が出たり、ときには死者が出たりもするのですが、しかし、そんなふうにして祭りは人びとの熱狂的な支持を集めてきたのでした。

ブラジルのカーニバルは世界最大の死者を出す祭りとして有名です。それに比べると日本の祭りなど本当に可愛《かわい》いものだという気がしてなりません。

私たちは常に危険と隣りあわせのところで生きている。それを外的な規制や、あるいはとことん安全を保障することで、人びとの生命力が年ごとに衰えていくのが見えるような気がします。

社会が本当に守らねばならないのは、弱い立場にある人びとです。まともな社会なら特別のハンディキャップのない人びとにまで規制を及ぼし、その安全を守る必要はないのではないでしょうか。それによってスポイルされる生命力のほうがもっと大きな損失かもしれません。

自分を守るということは、いわば自立した人間の第一歩です。自分を守れない人間が他人を守ることなどできるはずがありません。子供の頃から管理され、守られることに慣れている人間は、いつまで経《た》っても一人前の大人になれないんじゃないかと思います。国家やお役所は大人たちをさまざまな気配りで守ろうとする。

危険だから、ということでさまざまな配慮が網の目のように張りめぐらされているこの国から、自分の身の安全は自分が責任をもって守らなければならない社会へ出ていったときに、私たちは戸惑《とまど》ってしまうことがよくあります。いつまで経っても大人になれない日本人、などとときどき話題になったりもしますが、それは、あまりにも制度が安全を守ろうとする国のひとつの欠陥かもしれない、と思ったりもします。

話はそれましたが、健康ということに関しても、あまり神経質に、清潔にこだわりすぎるのは問題じゃないでしょうか。人間はそもそも不潔な存在だ、などといえば腹を立てられるかたもいるでしょうし、だからこそ清潔に心くばりをしなければ、とおっしゃるかたもおられるでしょう。

しかし、人間も自然の一部なのです。あまり手を加えすぎると人工的な弱い存在になりかねない。もちろん、これもほどほどですが。

洗髪にしても月に一回か二回くらいは洗ったほうがいいのではないかとときどき反省したりもします。しかし何ごとも、ほどほどがいいのです。一日ぐらい手を洗うことを忘れたとしても、そんなことはたいしたことじゃありません。物事には必ず、いい面と悪い面があって、どちらか一方だけ、というわけにはいかないのです。この世界そのものが光と影の両方で成り立っているわけですから。

そんなことを言いながらも、いつの間にかこの清浄社会のなかで自然な生命力が少しずつ失われてきた自分に、しばしば気づくことがあります。

今年の夏は大変な暑さが続きました。おかげで外出して帰ってくると下着まで汗でぐっしょりになっていたりする。そんなときパンツのゴム紐《ひも》の跡が変に痒《かゆ》くなったり赤く腫れたりすることがありました。涼しい季節ですとそうはならないのですが、汗ばんだ肌にパンツのゴム紐がしっかりと食いこんでしまうと、そこが腫れて、やたらとむずがゆい。こんなことはこれまでありませんでした。

きっとゴム紐に対してアレルギーが起きているのだろうと思います。そこで、ゴムのはいっていないコットンの紐で結ぶパンツを買いにデパートへ行ったのですが、残念なことに、どこにも売っていませんでした。仕方がないので、パンツをはかないことにしました。イギリス流の裾《すそ》の長いシャツを着れば、それで大丈夫。すうすうして風通しのいいところがえらく気に入っています。

第六章　人間か病気か

イエスでもノーでもなく

「黒白《こくびゃく》をつける」という表現があります。「黒か、白か、はっきりしろ」などとも言う。気の短い下町育ちのいなせなお兄《にい》さんが、かっとしてそんなふうに怒鳴ったりしそうです。要するに、さっさとどちらかに決着をつけろよ、という言い方でしょう。

中途半端が嫌いで、あいまいな態度が嫌い。右か左か、黒か白か、はっきり割り切るのが好き。五月の空の鯉《こい》のぼりみたいに、すかっとして、わかりやすいのが、どうやら伝統的な日本人の好みのようです。

一本気な男、といえば、もちろんほめ言葉です。裏表がない、とか、さっぱりした人、とか、竹を割ったような気性、とか、一徹者《いってつもの》、とか、どれをとってもシンプル・イズ・ベストといった感じ。反対に、さっぱりしない人、だとか、粘液質の性格、とか、右顧左眄《うこさべん》する、とか、限りなく灰色に近い、だとか、とにかくキッパリ割り切れないタイプは、あまり評判がよろしくない。

その理由は、これも簡単には説明できません。ひょっとするとこの列島で何万年か暮らしてきたことに関係があるとも考えられます。四季がじつにはっきりしていて、湿気が多く、亜熱帯性気候のこの島国では、じとじとべとべと肌にまとわりつくような粘《ねば》っこさが嫌われるのもわかります。よく糊《のり》のきいた浴衣《ゆかた》の、さっぱりした肌ざわりが気持ちがいいのです。黒なら黒、白なら白と、スカッと断定することを好む民族性が大勢《たいせい》をしめているようです。

しかし、しかしです。現実の世の中は決してそんなふうに割り切れるものではありません。物事を一面的に見るのは気持ちのいいものですが、世界のすべての物質、現象には常に相反《あいはん》する面があるのです。

ライブ、という言い方が適当かどうかわかりませんが、ピンでとめた標本でない生きた世界は、決してシンプルではない。それどころか、頭が痛くなるほど入り組んでいて複雑です。

生きた現実、生きた世界、生きている人間というのは、決して簡単ではないのです。

第二次世界大戦の初期に、東南アジアで優勢だった日本軍は、シンガポールで敵軍の司令官パーシバル中将に無条件降伏を迫りました。日本軍の司令官は豪勇をうたわれる山下奉文《ともゆき》将軍でした。そのときの会談の様子は、尾ひれをつけて国内に大宣伝されたものです。

「イエスか、ノーか！」

と、山下将軍が相手を一喝《いっかつ》したというのです。テーブルを叩《たた》いて敵将をにらみつけるイラストも新聞にのりました。戦争ならそれもいいでしょうが、私たちの日々の暮らしとなると、そんな武勇伝では通りません。

イエスとノーとのあいだに、はっきりとした線を引くのはむしろ西欧流の考え方でしょう。その考え方は、これまでは有効だったのですが、現代では、かなり問題があるのではないか。

ずいぶん回りくどい話を続けているようですが、これはこれで理由があります。要するに、本当に大事なことは、ひとことで簡単には言えないのだ、ということを伝えたくて、あっちへいき、こっちへ寄り道しながら説明しているのです。

私たちはできるだけ正しい選択をしなければなりません。しかし、なにが正しくて、なにが正しくないかは、そうシンプルには決定できないものなのです。

左右に長い無彩色のベルトがあると考えてみてください。左端がまっ黒で、右端がまっ白です。そしてその両端の中間は、黒から白、もしくは白から黒へ、少しずつ変化してゆく灰色のゾーンになっています。

左端のまっ黒が、右へ移動してゆくにつれて濃い灰色からライト・グレイに、そして明るい灰色が次第に白さを増してゆき、ついにはまっ白の右端に達する。もちろん、その反対に白から黒へ移ってゆく場面を想像してもいいでしょう。

さて、実際に私たちが体験する出来事は、どの辺にあるのでしょうか。まっ黒とまっ白の左右の両端にあれば、それはとてもわかりやすい。

「それは黒です」とか、「それは白だ」とか言下に答えることができます。

しかし、困ったことに、そんな明快な黒か白の場所は、ごくわずかです。もし一センチ右へずれた地点にあれば、それは完全な黒ではない。限りなく黒に近い灰色、とでもいうべきでしょうか。

まん中あたりだと、黒半分、白半分がミックスしたミディアム・グレイです。そこから右へ、白いほうへ寄れば寄るほど灰色は薄くなってゆく。

黒でもなければ、白でもない、二十五パーセント黒で七十五パーセント白だとか、四十パーセント白で六十パーセント黒だとか、すこぶる厄介《やっかい》な地点が大半なのです。そして困ったことに、私たちが生きた現実のなかで出会うあらゆる問題は、常にそんな中途半端なゾーンに揺れながら存在するのです。

さらにくわえて、私たち人間は一人ひとり個別的な差異をもった存在です。Aくんにとってかなり白く見える場所も、Bくんには意外に暗く感じられたりもする。大事なのは客観的な数値だけでなく、個人的な印象もまた大きな意味をもつということです。

テレビの深夜番組を見ていましたら、レポーターがこんな質問を渋谷の街頭で若い女の子たちに試みていました。

「あなたは、いくらお金をもらったらヘア・ヌードの写真を撮らせてくれますか？」

この質問を受けて、いろんな少女たちがキャッキャッとはしゃいだり、まじめな顔になったりしながら、その金額を答えます。なかには、

「いくらもらったって、脱《ぬ》ぎません！」

と、むっとして行きすぎる娘さんもいましたが、意外にも素直に考え込む少女たちも少なくありませんでした。

「百万円！」

とか、

「八十万円！」

とか、案外、現実的な数字をあげる子が多いなかで、思わず笑ってしまったのは、

「いくらって、すっごくたくさんほしい」

と、真顔で答えた娘さんです。

「たくさん、って、どのくらいでしょうか」

と、かさねてきくレポーターに対して、彼女はしばらく考えたあとで、思い切ってこう答えました。

「五万円ぐらい」

ぼくが笑ってしまったのは、決して馬鹿《ばか》にしたわけではありません。むしろその娘さんに好意を感じたからです。彼女にとって五万円という金額は、「すっごくたくさん」と感じられる額だったんでしょう。

この「すっごくたくさん」という表現ひとつとっても、おそらく百人の少女が百通りの金額を答えるにちがいありません。それぞれの生活感覚の相違が、そこにはっきりと投影されます。

五万円を「それっぽっち」と感じる少女もいるでしょう。また「すっごくたくさん」と思う少女もいる。雨の晩に人里はなれた場所で車が故障して、公衆電話をやっとみつけて駆けこんだら、どうしてもコインがみつからないようなときもあります。そんなときの十円玉数個は、一万円札以上の値打ちがあるはずです。

つまり、世の中には〈数値〉では計れないものがある。しかし、やはり〈数値〉は普遍性をもっています。なにかの基準というものがなければ困るからです。そうなると、これはなかなか割り切ることができません。「ダー・ニェット」と答えざるをえない。

〈数値〉を〈数字〉と言いかえてもいいでしょう。〈数字〉は私たちの生活のなかで、逆らいがたい大きな力となって働きかけます。たとえば、この原稿に対しては雑誌社から原稿料というものが支払われます。一般に四百字詰原稿用紙一枚いくら、という単価があって、それに枚数をかけて計算される。そこでは数字が支払われる金額を決定するのです。

しかし、一方でその原稿の価値となると、必ずしも原稿料の単価とイコールではありません。五十万人の読者のなかには、ファッションの写真だけ見て、活字は飛ばしてページをめくる人もいるでしょう。また、たまたま自分が抱《かか》えて悩んでいる問題とぴったり重なるテーマの記事であれば、二度、三度と読み返す場合もないとは言えません。ぼくはときどきページをビリッと破ってスクラップしたり、メモをとったりすることもあります。

そんなふうに、五十万の読者がいれば、五十万通りの評価がある。それは雑誌社が算出する原稿料の数字とは関係がありません。

こういう考え方を、一般には相対主義と呼ぶようです。通俗哲学めいた言い方をしますと、

「すべての認識されるものは主体と客体とのあいだの関係によって制約され、絶対的普遍的な妥当《だとう》性をもたない。すなわち単なる相対的妥当性があるだけだ」

と、いうことになります。なんだか高級ぶっている寿司《すし》屋の〈時価〉というやつに似てますね。きまった一定の値段がない。変動相場制も一種の通貨の相対主義でしょう。

相対主義というのは、とにもかくにも〈動く〉感じがあります。それに対して、絶対主義といいますか、物事には時代や場所や個性にかかわりなく、一定の普遍的妥当性がある、と固定的に考える見方も、またあります。

アメリカ大陸に進出したスペイン人たちは、まず先住民を集めて、キリスト教

への改宗を迫りました。かつてヨーロッパ人にとっての神は、世界のどんな場所においてでも絶対の神だったのです。大昔から自分たちの神様をもっていた先住民たちの一部は、スペイン人らの武力を恐れて改宗し、それを拒否した多くの先住民たちは殺されました。神は世界にただひとり。ヨーロッパだろうが、アラビア半島だろうが、シベリア、中国だろうが、インド、南アメリカだろうが、神はどこにいてもキリスト教の神だけ、野蛮人の神など神とはいえない、というのが絶対主義的な宗教観です。

近代医学の夜明けに

そんな無茶苦茶《むちゃくちゃ》な中世の絶対宗教にかわって、近代では西欧の文化が絶対化されて世界中に広まりました。科学が新しいヨーロッパの神として登場してきたのです。

古代や中世の科学は、宗教や民俗と深く結びついていました。しかし、近代科学はそれらのあいまいな文化を切り捨てて独立宣言を発します。世界を明快にモノの集合体と考え、物質を物質として分析する道を選んだのです。それは絶対的な普遍性を目指《めざ》す道でもありました。

近代科学は、ある意味で、新しい絶対主義の産物といってもいいでしょう。そこには対象を〈固定する〉気配があります。相対主義の〈動く〉感じとは反対の立場です。数字は嘘《うそ》をつかない。客観的なデータには逆らうことを許さない、といった感じがある。

そういった〈近代〉の科学は、やがて〈現代〉にいたって劇的に変化しはじめてきました。固定された客観主義が、揺れ動きはじめたのです。科学に〈動く〉感じが生じたと言ってもいいでしょう。

しかし、それでもなお私たちを取り巻く世界は、いまだに近代の枠《わく》のなかに固定されている部分が多い。合理《ごうり》主義、数値主義、効率主義、経済主義、あらゆる分野で〈古い近代〉や〈硬化した近代〉ががんじがらめに私たちの日常をとりかこんでいる。

医療ひとつをとってみても、そのことは明々白々です。

「人間を治そうとせずに、病気を治そうとする」

というのが問題だということは、すでに耳にタコができるほど言い古された文句ですが、驚くべきことに、実際の医療はいまだにその傾向を克服してはいません。

「手術は成功でしたが、残念ながら患者さんは死亡しました」

と、記者会見の席で発表した医師団が、物笑いの種になったことがあります。その部分だけを見れば、たしかに手術は成功したと言っていい。しかし、結局、その手術全体の負担に耐えかねて患者が死んでしまったのでは、お話にならないではありませんか。

人間を治そうとせずに、病気を治そうとする近代医療の問題点は、もちろん、いまあらためて考えなおされるべきでしょう。しかし、最初に言ったように、物事は良いか悪いか、黒か白か、右か左か、というようにスパッと割り切れないものなのです。

ぼくは〈硬化した近代〉という表現を使いましたが、その近代はかつて〈硬化した中世〉の重圧を果敢にはねのけ、〈若々しい近代〉の夜明けを切りひらいた〈近代〉でもありました。中世のほうもまた同じです。〈暗黒の中世〉とか、〈中世の闇《やみ》〉とかいわれて、なんだか最悪の時代のような印象があるのですが、それはひとつの役割を終えた〈硬化した中世〉のことです。〈輝かしい中世〉や〈若々しい中世〉の時代を思い起こすとき、ぼくは胸がときめく印象があります。〈近代〉もそうです。〈みずみずしく若い近代〉は、古い医療観に革命的な一撃をあびせました。実験や検査、解剖《かいぼう》や統計によって病気を分類し、その発生原因となる病原菌を確定し、局所的な治療の道をひらきます。病気を病気として科学的に対応しようとするのです。人間という物質世界で演じられる病気というドラマは、決して神秘的なものではなく、あいまいな偶然によるものでもないと認められました。

その近代医療の夜明けを助けたのが、新しく開発された科学技術だったことが近代医療の成り立ちを、よく物語っていると言えるでしょう。カメラのレンズで有名なドイツのツァイス社との産学協同プロジェクトによる油浸《ゆしん》レンズの採用や、アニリン系化学色素による染色技術の改良などが、R・コッホの結核菌発見に大きく役立ったことはよく知られるエピソードです。またラエネクという医師が発明した聴診器も、近代医学の有効な武器のひとつでした。

そんな時代の〈動き〉のなかで、当時のパリ病院につどう情熱的な医師たちは、これまでのあいまいで非科学的な治療に画期的なスローガンを叩《たた》きつけたのです。

「病人を診《み》るより、まず病気そのものを診よ」

と、いうのが彼らの宣言でした。病気そのものに対する真剣な研究、治療をおろそかにし、身分の高い人びとの気に入られるように配慮する従来の御典医《ごてんい》的医師に対する強い反発がそこには感じられます。一般市民、また貧しい大衆のなかの病人に接するとなると、患者にこびへつらうこともありません。病人は病気を宿した一個の肉体なのですから。

人間を治そうとせずに病気だけを治そうとする、近代医学の悪弊《あくへい》も、もとをたどればそんな若々しい革新的な医療思想から発しているのです。それが時間とともに硬化し、本来のヒューマンな情熱を失って、今度は「人間を忘れた」「患者をモノとして扱う」方向に退廃してきたのでした。近代以前の医学もまた、「人間ばかりに気をとられて、病気をちゃんと診ようとしない」医学に転落していたのです。

しかし、その中世、古代の医学も、その出発点においては、人間全体を有機的にとらえようとする正しい姿勢からスタートしています。

ひとつの思想や技術やシステムを、良い、とか、悪い、とかきめつけることができないというのは、そういうことです。いままた再び、「病気だけを診るな、人間全体を診よ」という声が現代医療の世界に広がりはじめているのですが、「人間か」「病気か」のどちらかに決着をつけることはできない、というのが真実でしょう。絶対主義と相対主義の両方の、虚実皮膜《きょじつひまく》のあいだに正しい選択はあるはずです。「モノ」だ、いや「ココロ」だ、ではだめなのです。西洋医学か、それとも東洋医学か、という議論も、ちょっと困りものです。

「黒白をつける」「すっきりと割り切る」ことは、現実では不可能だとぼくは思います。ごちゃごちゃした、雑然と入りまじった不透明ななかに真実はあるのではないか。

ですから本当に大事なことは、簡単ではない。その厄介さを切り捨ててしまえば、物事はうまくいきません。

〈硬化した近代〉を排しながら、同時に〈困った前近代〉にも抵抗し、〈良き近代〉を継承しつつ同時に〈若き中世〉の夢もよみがえらせようという、まことに支離滅裂《しりめつれつ》な立場が真の現代人の立場です。この文章が混乱しているのも、そのせいだと思ってください。「心」だけでもない。「からだ」だけでもない。本当はその両方が大事なのです。

第七章　足の裏の秘密

扁平足と少年のコンプレックス

人間には誰でも、他人《ひと》に言えないようなコンプレックスがあります。ほかの人たちから見ればたいしたことがなくても、本人にとっては、それはひどく重荷になったりするものです。

ぼくは中学に入った頃《ころ》、思いがけぬ障害を教師に指摘されて、それ以来、ずいぶん長いこと、そのことを気にしつづけてきました。

ある夏、プールの横のコンクリートの上を歩いていたときに、その教師が驚いたような声で叫んだのです。

「おい、みんな、この足跡を見ろよ」

コンクリートの上に、水からあがったばかりのぼくの足跡が、ぺたぺたとくっついていました。教師はそれを指さして、さらに言葉を続けます。

「こいつはすごい。完全な扁平足《へんぺいそく》だ。ほら、みんなここへ来てみろ」

仲間の少年たちがまわりに集まってきました。

言われてみれば、たしかにぼくの足跡は周囲についている足跡と、どうやら違うようにも見えます。なんとなく左右に幅広で、まん中の部分の内側に切れこんだカーブの部分がありません。ぺたんと判子《はんこ》をおしたように、水に濡《ぬ》れた足の形がぺったりと幅広に残っているのです。教師は講義口調で、まわりの少年たちに言いました。

「これをよく見ておけ。これが本物の扁平足だ。足の裏には、普通はアーチといってくぼんだ部分がある。だから、人間は自由に歩いたり、走ったりすることができるんだ。何らかの理由で、そのくぼみ、すなわちアーチの形成が不十分だと、こんなふうな足の形になる。つまり、こいつは足の病気なんだな。可哀想《かわいそう》に」

ぼくはがっかりして、自分の足をたしかめてみました。そして、そばにいた仲間の足を、足首をつかんで引きよせ、自分の足とならべて、足の裏をくらべてみたのです。たしかに教師の言うように、まん中の部分のくぼみ方が違う。

「やーい、扁平足！　扁平足！」

と、まわりの少年たちがはやし立てます。教師はぼくの肩を叩《たた》いて、最後のとどめを刺すように、こう言いました。

「扁平足だからって、生きていけないわけじゃない。まあ、気にしないことだな」

気にしないことだなと言われても、気にしないわけにはいきません。それ以来ずっと、長いあいだ、ぼくは自分が扁平足であるということを意識しつづけてきました。

扁平足について、資料を集めて読んでみますと、あきらかに扁平足は正常な足にくらべて、機能が劣っているといわれているようです。長時間の歩行に耐えないとか、さまざまな運動に不適格であるとか、いろんなことがいわれているのです。

しかし、不思議なことに、ぼくは人一倍、歩くことも好きですし、耐久力もあります。また走るのもそれほど遅くはありません。

ぼくは子供の頃から、十キロ近く離れた小学校に歩いて通っていました。中学にはいってからも、毎日のように自転車で山道を走りまわったり、重い荷物をしょって山村の急な傾斜をあがりおりしたものです。

長時間歩いていても、べつに足の裏が痛くなったり、特別疲れたりということもありません。それどころか、速く長距離を歩くことに関しては、かなりの自信があります。自慢するわけではありませんが、敗戦後、ピョンヤンを脱出して南下する際には、弟の手を引き、妹を背おって歩きに歩いたものです。当時の三十八度線を越えるときも自分の足だけが頼りでした。

腺病質《せんびょうしつ》な子供と見られていたぼくですが、「歩くこと」なら誰にも負けないぞ、とひそかに自負するものがあったのです。

そんなぼくにとって、〈足の病気〉をもっていると教師に宣告されたことは、ひどく大きなショックでした。そして、その後もずっと、そのことを気にしつづけてきました。

ものの本によると、人間は四つんばいになって歩いていた時代から、劇的に立ちあがり、二足歩行をするようになって、脳も進化したと書いてあります。つまり、人間が人間になったのは、直立して歩行するようになったからだというのです。

しかも、歩行を支える足の裏は、三点支持といって、足の裏の踵《かかと》と、親指の付け根と、そして小指の付け根のあたりに力が分散し、うまくバランスをとって体重を支えるようになっているらしい。

ところが扁平足の場合には、力学的に一点に全体重がかかることになるので、なんとか立っていることは可能でも、ひとつの支点に大きな荷重がかかるため、安定した姿勢を保ちながら歩行することが難しいというわけです。

人間が巧みに足の裏の三点支持によって歩くことができるようになったのは、足の裏側に、いわゆるくぼんだ部分、俗に土踏《つちふ》まずといいますが、そのアーチの形成がなされ、足の裏にかかる体重を三カ所にうまく分散させるように進化したからだというのです。

ですから、扁平足の人間は長時間歩くことができない、またスポーツや労働には適さない、と一般にはいわれているようです。

そこまでいわれてしまうと、当然コンプレックスをもたざるをえません。そうか、自分は足の裏という他人の目につかないところに障害をもっている人間なんだなと、ある歳《とし》に達するまでいつも考えていました。

タキシードを着てザルツブルクの音楽祭などに出席しても、おれは足の裏にアーチの形成ができていない、人間としては発育不全の不適格者なのだ、と思ったりもする。

雑誌のグラビアやテレビに登場しても、足の裏までは写すことがありません。颯爽《さっそう》とポケットに手を突っ込んだ立ち姿などを写されても、じつは目に見えないところに人類としての大きな欠陥をもつ人間なのだ、と内心どこかでささやく声が聞こえるのです。

まあ、それも時間とともに気にならなくなってきましたが、しかし、このところしきりに、人間の心とからだのあり方を考えはじめてきますと、アーチの形成ができていないから病気である、病気であるから当然、歩くことが困難である、また労働にも適さないという理屈はなんだか変だという気がしてくるのです。

理論上はそうでも実際は違う。真性《しんせい》扁平足のぼく自身が、ほかの人たちよりは長い時間、むしろ速く歩くことができるし、運動にも労働にもいっこうに差しつかえないのですから。

機能的に具合《ぐあ》いの悪いところがないにもかかわらず、学問的にそうだからそれを障害とか、病気だとか呼ぶのはなんだかおかしいじゃないかというのが、ぼくの内心のつぶやきでした。

しかし、最近でもいろんな雑誌や広告などに、足の裏のくぼみが足りない実例や写真などが掲載されているのを目にすることがあります。アーチの形成が不十分な足、土踏まずが発達していない足などが図解入りで説明されて、いかにもそのことが情けないことのように書かれているのを見ると、思わずむっとする気持ちを抑えることができません。

よけいなお世話と、口に出しては言いませんが、どこかにそういう反発するものがわき上がってくるのです。

〈わらじ足〉と日本人の歩行

この扁平足ということで、ふっと思い出したのは、明治の文豪、森鷗外《おうがい》のことでした。

鷗外は、誰でもが知っているように、文学者として立派な仕事を残しましたが、また医師でもありました。彼はドイツに留学し、有名なコッホの研究所に学んだ人物です。その当時では最新の知識を身につけたドクターだったと言っていいでしょう。

その森鷗外が若い頃、軍医として軍隊に同行し、日本各地で兵役に選抜する青年たちの、いわゆる徴兵検査に立ち会ったことは、よく知られている事実です。

そういう徴兵検査に従事するなかで、当時の陸軍の検査にはひとつの特色があったといいます。

それは身体の各部に損傷があったり、健康状態が思わしくなかったり、視力に障害があったりする人たちを不合格にするのはもちろんですが、ほかのすべての部分になんの問題もない場合でも、足の裏のアーチの形成が未発達、つまり土踏まずが十分に発達していないような、ぼくと同じべったりした足の裏の青年たちを〈扁平足〉として、どんどん不合格にしたというのです。これはちょっとおもしろいですね。

それはまだ鷗外の留学前のことですが、東大医学部を出た当時の鷗外もドイツ医学の深い影響を受けていたことはまちがいありません。他の軍医たちも同様だったと思われます。当時の陸軍はドイツ派、海軍は英国派が主流でした。ドイツでは扁平足は立派な病気として扱われていたのです。

当時の陸軍の軍医たちがドイツふうに扁平足を病気だと固く信じていてそうしたのか、あるいは当時の農村の悲惨な暮らしぶりをどこかで見ていて、少しでも働き手を兵隊にとらせないようにと、扁平足を理由に不合格にしたのか、そのへんはわかりません。

ところが、ある本を読んでいて、たいへんおもしろいことに気づきました。それは日本の農村で幼い頃から重労働に従事し、働きつづけて成長した青年たちのなかには、足の裏にくぼみのない若者がたくさんいるということでした。アーチの形成どころか、足がぼってりと、食パンのようにふくらんでいる。理屈の上からは完全な扁平足です。ところが、そういう足をもった若者は労働に不適格どころか、人よりはたくさんの荷物をかつぎ、長時間の農作業をこなす優秀な働き手だった。それはひょっとしたらアーチの形成が不十分というより、幼時からの長年の労働の結果、足の裏が特別に発達したと考えてもいいのではないでしょうか。

そういう足を日本の農村では、〈わらじ足〉といって、働き者の象徴として珍重したという話も聞きました。

〈わらじ足〉なら嫁にやろうか、というわけです。〈わらじ足〉をもった青年のいる家は、村の人たちから羨《うらや》まれるといった話さえありました。

こう考えてみると、当時の最先端だったドイツの医学界で障害とされた扁平足が、日本の農村では逆に機能的に普通の人たちよりいっそう有効な武器となっているわけですから、障害どころか、それはアドバンテージでさえあります。

当時は農村だけでなく、兵隊にとられることを一般にひどく恐れたものです。神社や寺に、徴兵のがれの祈願をする風習さえ見られました。貧しい農村では一家の大黒柱ともいえる若者を、なんとか軍隊にとられないようにと必死で工夫していたようです。

そう考えてみますと、これはあくまでカンぐりですが、当時のインテリ軍医たちのなかには〈わらじ足〉の持ち主である、労働に適した有能な農村の青年たちを兵隊にとるより、村で働かせたいと思って片っぱしから扁平足と判定し、不合格にしていった検査官もいたのではないか、という想像も成り立ちます。これは小説家の妄想と言われても仕方がありません。

鷗外という人の生涯の足跡をたどってみると、なんとなく当時の日本の様子が見えてくるようです。

よく知られているように、鷗外は地方に生まれて、幼い頃東京へやってきました。そして、十代の頃に優秀な成績で東京医学校に入学します。歳が足りないので、ふたつごまかして入学したという話は有名です。その医学校が、のちに東京大学医学部となり、鷗外はそこを優秀な成績で卒業した、と言いたいところですが、実際には八番目でした。

鷗外の父親も医師でしたから、幼いときから神童の名をほしいままにした秀才、森鷗外に対する家族の期待や郷土の嘱望《しょくぼう》は、大きなプレッシャーだったにちがいありません。

しかし森鷗外は自分の才能や気力に、かなりの自信をもっていたと思われます。彼のその当時の最大の望みは、大学の医学部を首席か、せめて二番目くらいの成績で卒業し、文部省の留学生として、当時もっとも注目を集めていたドイツに留学することでした。そのためにはどうしてもトップ卒業か、次席ぐらいの成績が必要だったのです。残念なことに、鷗外は八番目でした。

鷗外はひどくがっかりし、そして意気消沈しました。ライバルの同級生は、文部省の留学生として華々《はなばな》しくドイツへ留学する。自分は取り残されてしまったのです。

明治という、上昇志向が世の中全体をおおっていたような時代のなかで、エリート中のエリートとして期待されていた彼が大きな挫《ざ》折《せつ》を味わったのは、そのときでしょう。

本当はめでたくドイツ留学のあと、大学の研究室で医学者としての道を歩みたかったのでしょうが、鷗外は陸軍に就職することになります。彼は二十歳か二十一歳の頃、陸軍軍医副として軍隊にはいりました。それから何年かのあいだ、鷗外の暗い青春が続きます。

しかし、運命は鷗外を見捨てませんでした。やがて当時の陸軍は、軍国日本を背負う軍の機構改革に乗り出し、各分野を充実させるために、さまざまな努力をします。

その一環として、文部省の留学生としてではなく、陸軍から委嘱《いしょく》されて、鷗外はヨーロッパへ留学することになるのです。いったん失われたかに見えたチャンスは、再びめぐってきたのでした。鷗外は敗者復活戦に勝ちのこって、めでたくドイツへ留学することになります。

ドイツへ渡った鷗外は、ライプチヒとか、ミュンヘンとか、ドレスデンとか、あちこちの大学をまわったあとに、最後にベルリンに行き、当時、世界の医学界のなかでも最高の名声を博していたコッホ博士のいたベルリン大学に学ぶことになります。

このコッホというのは、あたかも天動説に対して地動説を唱えて人類の歴史に大きな転換点をもたらした学者たちと同じように、医学の世界で画期的な仕事をした人物でした。

彼は病気をひきおこす原因としての細菌を発見した人です。結核菌を発見したのも彼でした。

それまで漠然と考えられていた病気に対して、原因を確定し、病原菌をはっきりと判別し、その治療法を確定するという大きな仕事をしたのです。それだけでなく、細菌と称されるものが病気をひきおこすのだから、その細菌を攻撃することによって病気を治療することはできるという、現代の攻撃的医学の時代の幕を開けた人といってもいいでしょう。抗生物質や、さまざまな薬品も、コッホの仕事によって土台をきずかれます。

鷗外がドイツから帰国して、少壮の軍医としてさまざまな改革をドイツふうに行ったことは、よく知られています。

ちなみに鷗外は、脚気《かっけ》の原因を細菌によるものと、亡くなるまで頑固に言いはりました。鷗外は陸軍の軍医でしたから、陸軍はドイツの学説にしたがって脚気細菌原因説を唱えたのです。

しかし、海軍は早くから脚気がビタミンB_1の不足によるものではないかとみて、経験的に白米を兵隊の食事に出すことをやめ、麦飯を出したために、効果があがっていました。

伝統的な陸軍と海軍の対立が、脚気というひとつの病気に対する見方にもあらわれていたというのはおもしろい風景です。

結局、日露戦争で三万人ちかい脚気による死者を出した陸軍は、明治四十一年（一九〇八年）に陸軍大臣の命令により麦飯を出すことになりましたが、陸軍は鷗外が亡くなるまで、細菌説の誤りを認めませんでした。

こういうふうに見ていきますと、一流中の一流といわれ、最新の医学知識を学んできた医師にも、それなりのアキレス腱《けん》というものはあるんだな、ということがわかってきます。医学の進歩はすばらしいものですし、その技術も日進月歩です。しかし、そのなかでぼくは自分の扁平足が少しも障害ではなく、なんの不自由もないどころか、かえって一種の〈わらじ足〉として有効に働いていることに体験的に気がつきました。

ぼくはいまもアーチの形成が不完全な、俗にいうベタ足で毎日たっぷりと歩いています。歩行ということに関しては、いささかキャリアを積んでいると自負しています。かつて日本帝国の陸軍では、一歩の歩幅を七十センチと規定しましたが、ぼくは状況に応じてフランスふうに自由に歩いています。ときには五十センチ、ときには八十センチと、一定ではありません。ウォーキングの理論では、まず踵《かかと》から着地し、足の裏をローリングさせて右小指に体重をかけ、それから親指で地面を蹴《け》り、と、順序だてて指導していますが、ぼくはまったく違う歩き方を考え出しました。

ドイツ人には脚をまっすぐ伸ばして歩くのが理にかなっているようですが、ぼくは膝《ひざ》はややゆるめたまま歩きます。日本人のなかにも、縄文《じょうもん》ふうの歩き方と、弥生《やよい》式の歩き方があることをおもしろく思って観察しています。水田耕作を二千年ちかくやってきた人たちと、山野を駆けめぐり、海や湖で暮らしてきた人では、まったく歩き方が違うのは当然でしょう。

ぼくはアーチの形成が未発達に見える自分の足を、〈わらじ足〉だと考えています。うんと歩いたために過度に発達したのかもしれない、と。いずれにせよ、ぼくは自分の扁平足を愛しているのです。

私たちは自分が実際に生きているという、自分だけの体験をもっています。自分の健康についても、それを医師や学問上の理論にまるごと百パーセント預けてしまうことなく、自分の感覚や実感や体験というものを大事に考えていったほうがいいのではないでしょうか。

第八章　頭痛からの警告《アラーム》

あなたは生活を改めますか

先日、いつものように風呂《ふろ》のなかで一冊の本を読みあげました。本といっても岩波新書ですからそんなに厄介《やっかい》なことはありません。湯につかって片手で支えるには、あまり重厚な本だと具合《ぐあ》いが悪いのです。神経内科の医師であり、大学の医学部教授でもある高須《たかす》俊明《としあき》さんというかたの書かれた『頭痛』というのが、その本の題名で、一九八三年の版です。

これまで頭痛に関して書かれた本はずいぶんたくさん読んできました。ですから、取り立ててびっくりするほどの新しい情報を得ることはできなかったのですが、高須さんの人間に対する見方、そして病気に対する考え方に、とても感心する部分がありました。

一般に医学者とか医師たちは病気を、敵、つまり退治する相手だと考えてしまう傾向があります。もちろん、本当に優秀な医師たちは昔からそんなことはありませんでした。ぼくが言っているのは一般的に、という意味です。

高須さんの頭痛のメカニズムに関する説明は非常にわかりやすく、オーソドックスなものでした。ぼくの感じから言えば、天候や気圧の変化が自分の頭痛の大きな原因になっていることを体験的に感じとっており、また同じことを感じている人たちがじつに多いことも知っているので、この本のなかで天候と頭痛の関係が、わりあい軽く扱われている点にやや不満を感じたところもないではありません。

ドイツでアウトバーンを走ったときに聞いたのですが、高速道路のいわゆる交通ニュースで、気圧の変化についてラジオが情報を流すことがあります。急激に気圧が低下する兆《きざ》しがあるときには、ある種の手術を延期するようにとか、または特定の病気をもっている人たちにドライブを中止することをすすめたりもするらしい。また一般のドライバーにスピードを落とすように警告することもあるようです。南ドイツのミュンヘンあたりでは特にアルプスの影響でしょうか、湿度や気圧の変化が激しいため、運転者や、病人や、医師たちは天気予報に注意しているとも聞きました。

経験的にわかっていることでもそれがきちんと証明されなければ認めるわけにはいかないのが、いわゆる科学・学問の立場です。

ぼくなども「そんな非科学的な」とか、「もうちょっと科学的に考えたほうがいいよ」などとたしなめられることがしばしばありますが、正直に言いますと、科学といったってそんなに大きな顔しなくてもいいじゃないか、と心のなかでつぶやきたくなるときがある。

そもそも科学（science）という言葉が一般に使われだしたのは十九世紀の中《なか》頃《ごろ》、いまから百五十年か六十年ほど前のことにすぎないともいわれていますから、なにも頭から〈非科学的〉などと相手を馬鹿《ばか》にしたような口調で斬《き》って捨てることはないでしょう。

近代というのはまちがいなく科学の時代でした。科学からさまざまなものの考え方や見方が生まれ、それが現代にいたるまで私たちの生きている社会を圧倒的に支配していることは言うまでもありません。

合理《ごうり》主義もそうです。

科学的であることは、同時に合理的でもあることです。合理的であることはまた効率的でもあります。効率的であることは、同時に生産的でもあり、また商業的でもあるわけですから、現代の資本主義は、もとをたどっていけば科学と深く結びついていると言っていいでしょう。

資本主義だけではありません。新しい社会の夢を託した社会主義は、これも科学的な思想から生まれた二十世紀の夢でした。世の中がすべて科学を土台にして動いてきたのです。

ですから〈非科学的〉といえば、まるで水戸《みと》黄門《こうもん》の葵《あおい》の御紋《ごもん》の印籠《いんろう》のように、ありとあらゆるものがその前にひれ伏してしまう傾向があったとしても当然かもしれません。

〈非科学的〉とはイコール封建的、イコール因習、イコール迷信、イコール非近代的、そして知的に劣った人間のあり方だと、無言のプレッシャーが私たちの理性に語りかけるのです。

しかし、この宇宙全体の出来事、また一滴の水、一本の雑草のなか、一個の細胞や遺伝子にいたるまで、いまなお科学によって解明されている部分は想像を絶するほど小さい、と、ぼくは思います。決して科学を馬鹿にしているわけではありません。しかし真の科学者なら誰もがそのことを心のなかでひそかに感じていることでしょう。科学の知っていることにくらべれば、科学がいまだ知らない世界の大きさは想像を絶するほどのものなのです。それを忘れて、ほとんどの世界の謎《なぞ》が科学によって解き明かされているかのように錯覚してきたところに現代の病《やま》いがあったのではないか。

医学についても同じことです。岩波新書の『頭痛』を読んであらためてわかったことは、現代の医学の水準では、いままさに頭痛に悩んでいる人を救う確実な手だてはない、ということです。頭痛ひとつ治せないで、科学がそんなに大きな顔することはないじゃないか、と、つい心のなかで毒づいてみたくもなるのです。

ちなみにぼくの配偶者は、もう三十年ちかく頭痛や頭重に悩まされています。ぼくの母もそうでした。幼い頃、白い膏薬《こうやく》を小さく四角に切って額《ひたい》の横にはっていた母の横顔を、とてもきれいだと思って眺《なが》めたことを思い出します。いまもぼくの周囲に頭痛に悩まされている人たちは、無数にいます。親しい歯科医や、内科や外科の医師にも頭痛もちが何人もいる。現代の先端医学でさえも、カゼや頭痛にはあまり役に立たないらしい。

しかし、この『頭痛』の著者、高須さんは大変すぐれた医学者で、最初に述べたように、文中である種の人間哲学を控えめに語っているところが、ひと味違うという気がしました。

最後の章〈頭痛と社会〉という部分で高須さんはこう言います。

痛みを感じないということは、人間にとって恐ろしいことである。そして、新しい医薬品が開発されてくると、われわれは、目先のことにとらわれて、生物に本来備わっているはずの防御機構を自《みずか》らの手でなけなしのものにしてしまう愚を犯してはいないだろうか、と。

少し長くなりますが原文を引用してみましょう。

《(前略) さて頭痛を例にとって考えてみよう。脳腫瘍だとか、髄膜炎だとかという生命をもおびやかす病気において、もし頭痛というものが発生しなければ、あるいは発生しても、素晴らしくよく効く薬でその痛みが雲散霧消してしまうものならば、その発見はおくれ、かえって結果は悪いにちがいない。二日酔いの頭痛や不快感をなくす薬があることが、性こりもなく、二度、三度と酔いつぶれるのに手を貸していなければ幸いである。市販されているものが、額面どおりそれほど効くとするならば、この杞憂《きゆう》は杞憂でなくなる恐れがあるのである。その結果は、慢性多量飲酒という、社会を蝕《むしば》みつつある怪獣の手足を一段と伸長させることになるであろう。

もっともありふれた頭痛である筋収縮性頭痛においてもしかりである。この頭痛の教えるところは何か。その個人の社会生活にかなりの無理があるということである。欲望をかき立てる社会、欲望におどらされ、平安を失った社会のなかで、押しつぶされそうになっている個人の姿がそこにある。これが一つの危害のアラームでなくて何であろうか。筋収縮性頭痛の多発は、その社会自体がきしみを立てているという社会的警鐘である。であるにもかかわらず、その警鐘の意味を深く考えることをせず、ただ安易に痛みを除くことでその場をしのごうとする愚かさに、われわれは身を任せてはいないだろうか。頭痛薬なるものが多数売り出され、無批判にそれを買い入れ、多用する傾向が、われわれの社会の中にないであろうか。（後略）》

すこぶる耳の痛い話です。ここで高須さんが言っておられることは二つあります。

一つは、薬によって簡単に頭痛が治せるとするならば、結果的に人間にとってそれは悪い結果をもたらすであろう、ということです。

もう一つ、現在もっともありふれた頭痛であるところの筋収縮性頭痛に悩まされている人たちは、じつは欲望におどらされ、欲望をかき立てる社会のなかで平安を失い、押しつぶされそうになっている人なのだ、ということです。

よく効《き》く頭痛薬なるものが大量に売り出され、無批判にそれを買い入れ、多用する傾向に対する警告以上に、厳しい現代人へのアドバイスがそこにはあります。要するに、頭痛に悩む人たちは仕事のしすぎである、欲望を抑えるべきである、と著者はたしなめているのです。

なぜそんなに仕事をするのか、名誉欲か、自己顕示欲か、あるいは権力欲か、あるいは金銭欲か。とりあえず欲望におどらされ、欲望に尻《しり》を叩《たた》かれながら、やみくもに突っ走っているバブル的生活が現代人の頭痛の根本原因だ、というわけですから困ってしまいます。

言われてみれば、それはまさにその通りで、ぼく自身の場合には筋収縮性頭痛と血管性頭痛の混合型の偏頭痛《へんずつう》だろう、と自分では思っているのですが、それが発生する条件は三つあります。

一つは原稿の締め切りがいくつも重なって、どうにもならなくなっていること。

二番目が睡眠不足。

三番目は低気圧が近づきつつあること。

この三つが同時に重なれば完全に頭痛が出てくるのですが、そのなかの二つでも頭痛が起きることはあります。三つの原因のうちの二つが大丈夫なときは、なんとか頭痛にならずに済んできました。単なる睡眠不足とか、単なる気圧の変化とか、単に仕事がたまりすぎてパニック状態になっているとか、それだけではぼくの場合、頭痛は起きないのです。

では、ぼくにとってなぜ睡眠不足が生じるのか。これは権力欲からでも金銭欲からでも、自己顕示欲からでもありません。もともと規則正しい生活をしないというぼく自身の思想から、ときには十二時間寝ることもあり、ときにはまったく眠らずにいることもあるという、そのやり方から生じてくる睡眠不足です。

なにかやりたいことがあったり、楽しいことがあったりするときは、眠らずにそれをやる。見たいテレビがあれば見る。本を読んでいておもしろければ朝まで読む。そんなふうにして暮らしてきました。ですからこれは変えようがありません。また変える気もありません。それはぼくの思想にもとづく選択なのですから。

つづいて気圧の件は、これはもうぼくの責任ではありません。それにしても最近の地球の天候はなんだか変です。気圧の変化も自然ではない。毎日、丹念に天気図を読むのが仕事のひとつですが、どうも納得《なっとく》のいかないことが多すぎます。頭痛を予知するのがひどく難しくなってきました。

さて、前の二つが個人の責任ではないとすれば、問題はストレス、仕事の結めこみすぎです。必死で断わって断わって、やっと引き受けたつもりでいてもやはり仕事というものはおのずと山積みになるものなのです。しかも還暦をすぎれば、人は何らかの形で生きてきた世間に恩がえしをしなければなりません。そのための雑用が次から次へと重なってくるのはどうしようもないことです。

そんなとき、ふと昔きいた長生きのこつ、などという言葉が頭に浮かんでくるのです。
一、義理をかく。
二、人情をかく。

三が何だったか忘れてしまいましたが、恥をかく、だったでしょうか。とりあえず、そんなふうに生きることができる人は、よほどエゴの強い人ではないでしょうか。引き受けることよりも断わることのほうに、はるかにストレスを感じる場合も、ままあるのです。

そんなふうに考えてみますと、事態は絶望的です。気圧の変化についてはお手あげで、睡眠不足は自分の生き方。仕事がパニックになるのは、これはやむをえない。こう考えると、どれも全然改める余地はなさそうです。なにしろ頭痛は人間に向かって「人間らしい生き方」を思い出しなさい、と語りかける大事な警告だというのですから。それなら生活を改めるか。しかし、それも無理だ。というわけで、私たちは悩むのです。

人生の枝葉を切り捨てる

岩波新書『頭痛』のいちばん魅力的な文章は、最後のところにあります。

《頭痛薬には、もちろんそれなりの効用はある。何とか病む者の苦痛を和らげようという熱意が、新しい薬を開発し、これを普及せしめる最大のモメントになっていることも、素直に認めたいと思う。しかし、その善意とうらはらに、頭痛薬の使い過ぎとか、あまりにも多種類の薬が処方されている多剤投与の現実がそこここに見出されるのはなぜか。美しい錠剤や、アルコールの匂いや突き刺す針の痛みと共に注入される薬液を、文明のシンボルとして歓迎したあの古き良き時代は過ぎ去りつつある。すぐ薬に頼る傾向や安易な多剤投与を支え、この不気味な現実を何とか変更しようとする動きに抗《あらが》う、新たなる陰の魔王は誰か。それをはっきり見破り、見すえ、これに歯止めをかける必要がある。話はやや横道にそれたが、幸いにも、筋収縮性頭痛に対し、頭痛薬というものは、それほど劇的には効かないことが多い。このためにわれわれの社会は二重三重の自壊を免れているのだ。

文明のもたらすこの混乱のなかにあってわれわれのとるべき道筋は何か。アラームを聞いたらアラームの意味するところを深く洞察せよ。そして、その場しのぎに満足せず、もし必要とあらば、人生の枝葉を切り捨て、しっかりした幹を残し育てる賢さを持て。そのようなことではないだろうか》

ここで著者は、ひとつの哲学を語ります。頭痛薬というものはそれほど効かない。しかしそれによって、われわれの社会は二重三重の破滅から救われているのだ、と。

そして、一人ひとりの個人について、こう語りかけます。頭痛はその人の人生に対するアラームなのだ、そのアラームの意味するところに思いをいたせ、と。そして必要とあらば人生の枝葉を切り捨てよ、それが賢さというものだ、と。

言われてみれば、まさにその通りだと思います。からだの発するアラームに耳を傾けようとこの何十年間ぼくはつとめてきました。しかし、人生の幹を残して枝葉を切り捨てよ、と言われても、ただため息をつくばかりです。

たしかに、幹は大事であるにちがいない。だけど取るに足らぬ枝葉といえども、それもまた人生のかけがえのない表情なのではないだろうか。真に大事なものを残し、そうでないものを捨てることによって真の人生を歩め、と励まされれば、まったくその通りだとうなずきつつも、神は細部に宿りたもう、枝葉に宿る真実もまた捨てがたし、と思わずつぶやいてしまうのです。

しかし、ぼくの頭の深いところには、自然に〈知足《ちそく》〉という言葉が浮かんできました。足るを知る、ということ。その大事さを、つくづく感じるのです。

さて、頭痛に関する有益な本を一冊読みあげたあと、しばらくテレビを見て眠りについたのですが、なんと午前六時頃、頭痛の予感で目が覚めてしまいました。戸をあけて外を眺めるのですが、どうもいい天気のようです。

しかし天候に騙《だま》されるほど初心者ではありません。たぶん福岡あたりから大阪のほうへかけて低気圧が近づいてくるのだろう、と予測が立ちます。そのままじっと寝ていようかと思ったのですが、きょうは締め切りのヤマで、頭痛で寝込むわけにはいかないのです。締め切りと低気圧が重なるという、まさにふたつの原因が、ぼくを直撃しているのでした。

少しずつ首筋のあたりが熱っぽくなってくるのが感じられます。そして足先が妙にひんやりする。太い血管が拡張し毛細血管が収縮している様子が、手に取るようにわかります。やがて唾液《だえき》が粘《ねば》つく気配が感じられてくるにちがいありません。そして胃とか腸とかに微妙な違和感が生じてくるはずです。予兆が感じられたら頭痛がはじまる前に酒石酸《しゅせきさん》エルゴタミンを一ミリグラム服用するという安易な手もあるのですが、できるだけ薬には頼りたくありません。痛みを感ずる能力があるだけ幸せなのだ、と自分に言いきかせながら、頭蓋《ずがい》のなかにひびくアラームを現代社会へのアラームと感じつつ、ベッドのなかにじっと横たわっているのです。

ぼくは偏頭痛といい関係をつくった

この話の最後に、ちょっとした希望的な体験談を披露しておきましょう。じつは、多年にわたる苦心研究の結果、ぼくの頑固な偏頭痛は少しずつおさまってきつつあるようです。良くなったわけではありません。頭痛を出さないように、なだめすかして話し合いをする方法に慣れてきたのです。

まず、偏頭痛の出てくる原因をたしかめる。ぼくの場合は前にもあげたように、おおむね三つの条件が重なったときに必ず頭痛が起こります。

一、原稿のストレス。二、睡眠不足。三、低気圧の接近。

原稿の締め切りはどうしようもありません。ぼくはこの二十年間、毎日一回ずつある夕刊新聞のコラムを書きつづけてきています。つい先日、五千回を超えました。これからも新聞がつぶれるか、自分が死ぬか、どちらかが起こるときまでは続きそうです。なにしろ一日分のストックもなしのぶっつけ本番ですから新聞社のほうにも、書くほうにもスリルがある。夜中の十二時までに入稿しますと、翌日の午前中にはもう新聞がキヨスクに出るのですから。

そんなふうにして、毎日、どんな日にも一回ずつは原稿を書く。吐きながらでも書くし、救急車に乗せられたとしても口述筆記してもらうしかありません。もちろん、外国旅行のときなど、ＦＡＸや電話で送稿します。これはかなりのストレスといえるでしょう。そのほかにも締め切りはたくさんあります。人生の枝葉を切り捨てるのはいいのですが、もの書きには締め切りは業《ごう》のようなものです。そこで考え方を変えることにしました。

もし原稿が締め切りに間にあわなくて、落としたときには、仕事をやめればよい。頭をまるめてお遍路《へんろ》の旅に出るというのも悪くはありません。何年かけてインドをゆっくり歩いてみたいという年来の夢も実現しそうです。

それに死んだあとまで原稿の催促はないだろう、と思うと、少し気が楽になります。書くエネルギーがなくなったら、書くことをやめる。こう覚悟を決めてからは、ずいぶん楽になりました。

二番目の睡眠不足は、ちょっと改めようがありません。徹夜の生活が身についてしまっているのです。しかし、これも考えようです。

規則正しいリズムもリズムのひとつだし、また不規則なリズムもリズムの一種です。日の出とともに目を覚まし、日没とともに眠りにはいるのが人間の正しいあり方だとすれば、自分は非人間であると考えればよい。三日徹夜しても、三日間死んだように眠る。よく食いだめ、寝だめはきかない、といわれますが、それも練習です。本気で努力すれば、人間はかなり変わった生活のリズムも身につけることができる。ぼくはそう信じています。ぼくは一週間単位で平均的な睡眠時間を満たすようにつとめています。

食べるほうもそうです。締め切りの直前の何日間かは、物を食べないことが多い。豆乳ばかり飲んでカンヅメしていたら、白い便が出て感心したことがありました。とりあえず食べものも一週間単位で条件を満たす。これに慣れてきて、最近ではあまり睡眠不足が気にならない体質になってきました。もちろん眠るときは十時間でも十二時間でも眠りますし、どこでも眠ることにしています。高級なフランス料理店でも、二、三分ふっと居眠りするのはぼくの特技です。

三番目の低気圧ですが、これは天気図をよく読んで、前線の動きに注意するようにつとめます。北京《ペキン》や、上海《シャンハイ》や、福岡、大阪あたりの天気で先の動きを読む。低気圧が接近してくるようであれば、仕事は断わってちゃんと眠る。原稿も早目にあげるか、担当者に相談をして延ばしてもらう。要するに三つの条件が重ならないように工夫することをおぼえたのです。

その調整がうまくゆかないときもあります。そんな場合にも、必ず偏頭痛が起きるとは限りません。しかし、ここで大事なのは偏頭痛の予兆をできるだけ早くキャッチすることでしょう。からだが発する信号、または内側の声にじっと注意ぶかく耳を傾けることが必要なのです。全神経を集中してその声を聴《き》く。

声というより、予兆というべきでしょうか。なんとなくからだの奥でざわつく感じがするのです。それを聴きそこねると、次にアラームが具体的な反応として出てくる。たとえば前にもあげたような、いろんな徴候。

ぼくの場合は唾液がなんとなく粘つく感じがしてくる。また首筋や肩の凝《こ》り。

これには二種類あって、つめたくなるときと、熱くなる場合があります。冷えて感じられるときは温めますし、熱いときには冷やすほうが楽です。頭が熱くて手足がつめたいときもあります。そんなときには風呂《ふろ》で手足だけを温めますが、一般に入浴は逆効果でしょう。肩をもんでもらうのも、熱いときは避けたほうがいい。

頭痛は胃と密接に関係しているように思います。ですから食べものには慎重になったほうがいい。過食も偏頭痛の原因になることがあります。アメリカではチャイニーズレストラン・シンドロームという言葉もあるそうですから、偏頭痛と食物とは無関係ではありません。偏頭痛の予兆のあるときには、フランス料理やイタ飯も避けて、古い日本人の食事に切りかえるほうがいい。ぼくはなぜか赤ワインが偏頭痛の引き金になることがあるのに気づきました。白やロゼなら平気ですが、たぶん個人的な体質なのでしょう。

偏頭痛のなかには、頭部の動脈が広がって血流が多くなっている場合があるようです。浅側頭《せんそくとう》動脈の拡張が原因となる血管性の頭痛です。これは頭の血を手足のほうに流してやればよいという話があります。ハロルド・G・ウルフという頭痛研究の大家は、患者の頭を内側において巨大な遠心機に乗せ、ぐるぐると回転させる実験をやったそうです。遠心力で血を頭から手足のほうへ送ってやればいいと考えたわけです。冗談みたいな話ですが、これは成功しました。遠心力が重力の二倍に達したところで頭痛が消えたというのです。

ぼくはこの話を高須さんの本で読んで、たまたま偏頭痛が出ているときに、いちど自分で実験を試みたことがありました。毎年でかけてゆく鈴鹿《すずか》サーキットで、レーシングドライバーに車を運転してもらい、高速コーナーをくり返し走ったのです。Rのきついカーブでは猛烈な横G（重力）がかかります。その際に常に頭をコーナーの内側へ向けて傾けてみたところが、なんと一時的にですが痛みがおさまる感じがありました。人間のからだというのは、じつにおもしろい。つくづく感心したものです。

最近はほとんど偏頭痛に悩まされることはありません。配偶者は「それは頭の血管が硬くなって拡張する弾力性を失ったからでしょう」などとからかいますが、もちろんそれもあるでしょう。しかし、年をとっても頭痛に苦しむ人は少なくありません。ぼくは自分なりに偏頭痛といい関係をつくりあげてきた、と思っています。

要は常にからだの深いところを意識し、その声なき声に耳を傾けること。からだはじつにいろんな信号を発して私たちに語りかけようとしているのです。その声をきくために努力と工夫をすることは、とても興味深い人生の楽しみのひとつだと思うのです。

第九章　患者と医師の関係

病院へ行きたくない本当の理由

一昨年の秋、ちょっとした出来事が起きました。突然、いわゆる下血《げけつ》というやつに見舞われたのです。

ふと白いトイレのなかをのぞいてみて、思わず、おや！　と首をかしげました。水の上に浮かんでいるバナナ大の便に、血がにじんでいるように見える。じっと観察してみますと、たしかに気のせいだけではなく、赤いものが認められます。色あざやかな鮮血なら、まず痔《じ》を疑うところでしょうが、そんな感じでもない。といって、黒ずんだ血でもありません。ポリープだろうか。むかし調子が悪かった十二指腸の故障かな、ひょっとして大腸ガンかもしれない、それとも胃に潰瘍《かいよう》でもできたのだろうか。

こんなことを素人《しろうと》があれこれ推理すること自体が、ナンセンスというべきでしょう。怪しいと思ったら、すぐに病院へ、というのが現代人の常識というものです。

以前と違って、現代の病院は驚くほどのテクノロジーの進歩をとげました。ドクターも昔のようにやたらと威張る人は、そういません。インフォームド・コンセントなどといって、医師と患者のあいだで納得《なっとく》のいく話し合いと、十分なコミュニケーションが配慮されるように次第に変わってきています。

検査ひとつにしても、肛門《こうもん》からバリウムを入れてX線写真を撮るくらいのことだけではなく、内視鏡検査や、超音波診断や、コンピュータを使ったCT撮影や、MRI（核磁気共鳴映像法）や、腫瘍《しゅよう》マーカーなど、じつにさまざまな最新技術がそろっているらしい。なにも小説家が水洗トイレに顔を突っ込んで、自分の便を鉛筆でつっつき回したりする必要なんか全然ないのです。さっさと近くの医院に行って、便の〈潜血《せんけつ》反応〉検査を受けるのがいちばんでしょう。

とはいうものの、どうしても病院で正式の検査を受ける気になりません。べつに病院嫌い、医者嫌いというわけではないのですが、ただなんとなく病院には近づきたくないだけの話です。これも一種の病気かもしれません。

その後、しばらくして広島へ行きました。古い友人や先輩たちが小料理屋でごちそうをしてくれることになって、旨《うま》いものをたらふく食べさせてもらいました。広島といえば牡蠣《かき》が有名ですが、もう一方のカキ、それも西条《さいじょう》の柿はすばらしく旨い。魚は言うまでもありません。野菜も抜群です。もちろん、酒も格別。

食べほうだい食べたあとで、なにげなく下血の話をしました。すると先輩のひとりが突然、大声で、

「そりゃーいけん。わしが広大《ひろ》のR先生を紹介するけん、あしたすぐに検査を受けんさい」

横からもうひとりが嚙《か》んでふくめるような優しい口調で諄々《じゅんじゅん》と説得にかかります。

「わしの友達のKさん、あの人は学生時代はボートの選手で、そりゃー力道山《りきどうざん》みたいなええからだの持ち主じゃったんよ。ところが健康に自信をもちすぎての。

わしゃー医者と坊主は大嫌いじゃ言うて、定期検診も一度も受けんかった。五十年間一度も医者にかからんかったいうのが自慢の種。ところがついこないだ、ガンでころっといってしもうたんよ。やっぱり健康自慢はいけんのう。素直に先輩のいうこと聞いて、すぐに病院に行かにゃ」

「じつはわしも先月、腸にポリープがみつかったんよ。それで内視鏡でチョンチョンと取ってもろうてからに、ほれ、この通り快調そのものじゃ。いまは昔とちごうて、科学がえろう発達しちょるから、ガンだろうと、前立腺《ぜんりつせん》肥大だろうと、恐《こわ》いもんなしよ。そりゃーたいしたもんだわ」

「わしゃ先日、MRIちゅうのをやったんじゃが、ありゃすごい人気じゃのう。頭を輪切りにするんだわ。なんせ予約取るのに三カ月もかかったんよ」

「わしだってこないだ――」

と、一座が急に活気づきます。医療自慢とでもいうのでしょうか、ぼくの下血の話はほったらかしで、各人いっせいに病院や検査の話題に熱中します。こうしてみると、日本国民すべてが病院や診療所にきそってお世話になっているようで、なんとなく釈然としません。せめて自分ぐらいは病院のお世話にならずに生きてゆきたいと、ついヒネクレてしまうのです。

くり返し言わせてもらいますが、ぼくは決して病院嫌いでもありませんし、医療に拒絶反応を示しているわけでもありません。前にも書いたように、むしろ医学や、病気などに関して人一倍興味を抱《いだ》いている人間です。西欧の近代医学だけでなく、イブン・スィーナーなど古代イスラム医学の先達《せんだつ》の本なども読みますし、仏教と医療についていろいろ調べたこともあります。

友人にも医師が多く、病院や医師にアレルギーがあるわけではありません。いや、むしろ、医学を尊敬し、自分のからだと心の状態については並み以上の注意をはらっているひとりです。

それにもかかわらず、自分では病院に行きたくないというのは、いったいいかなるコンプレックスのしわざでしょうか。

いろいろ考えてみるのですが、ことは単なる面倒くさがりではないような気がしてなりません。

たとえば、病院に行けばその瞬間から自分が自分でなくなるような予感がある。じゃあ何になるのかといえば〈患者〉になる。外国語でクランケとか、ペイシェントとかいいますが、日本語でていねいに呼んだところでせいぜい〈患者さん〉といったところでしょう。

〈患者〉になる、ということは、どことなく〈囚人〉になる、という語感と共通のところがあります。こんなことを言えば、医療現場の人たちから叱《しか》られるかもしれません。しかし、少なくとも現実には、〈患者〉になることは〈囚人〉になることとは違います。

これが弁護士の場合だとどうなるか。オウム真理教の教祖は、自分の選任した横山弁護士を解任したり、再び選任したり、かなり勝手にふるまいました。弁護士も医師も、ともに国家試験をパスし、経験と実績が必要とされる知的職業です。人を救うという仕事をおいてもどちらが偉いという差はありません。

弁護士を必要とする人は〈依頼人〉と呼ばれます。〈囚人〉とは呼ばない。〈依頼人〉の秘密は、〈患者〉のそれと同じように職業的モラルとして守られます。

まかりまちがえば死刑になるか、生涯を捕らわれの身として過ごすことになりかねないわけですから、弁護士は〈依頼人〉の全存在を握る立場といっていいでしょう。そして弁護士も医師と同じように、一般には〈先生〉と呼ばれます。

アメリカ映画などでは、弁護士と依頼人は接見や、その他の場で密接に連絡をとりあい、協議を重ね、相談をします。たとえば〈司法取引〉などのケースがそうです。有罪を認め、検察側に有利な証言を提示して刑期を軽くする戦術に出るか、それともあくまで無罪を主張して最後まで闘うか。こういった相談は、さしずめ法律の世界でのインフォームド・コンセントといってもいいでしょう。

医師の立場もそうです。ガンの場合でも、どういった療法をとるかは、患者と医師とのあいだで納得ゆくまで話し合いがなされなければなりません。手術をするのか、しないのか。それとも内科的治療でいくか、放射線を中心に考えるか。

さらに化学療法を選んだとしますと、抗ガン剤の副作用に耐えてガンの増殖を抑え、生存期間の長さを考えるか、それとも生命は短くとも副作用で苦しまずに静かに死を迎えるＱＯＬ（クオリティ・オブ・ライフ）を選ぶか。

乳ガンなどの場合でも、全面的に胸筋、リンパ節などをまとめて胸部を広くとってしまうか、それとも〈乳房喪失〉を避けて〈非定型的乳房切除手術〉や〈乳房温存手術〉を選ぶか、それとも放射線治療だけで様子をみるか、など、無数の選択が治療する者と治療される側のあいだに必要です。これは一種の〈治療取引〉と呼んでいいのかもしれません。

「患者は依頼人」であるという発想

こんな具合《ぐあ》いに、医師と弁護士は非常に共通した立場にありますが、それと接する側にはふたつの大きな違いがある。片方は〈患者〉で、もう片方は〈依頼人〉。

もしも逆に、〈患者〉を〈依頼人〉と呼んでみたらどうなるでしょう。反対に弁護士に弁護を頼む側が〈患者〉と呼ばれたら、なんとも居心地が悪いものになるのではないでしょうか。

〈患者〉のことを英語で〈ペイシェント〉と呼ぶのは暗示的です。〈耐える人〉というのは、病気やケガの苦痛に耐える人という意味でしょうが、病院に来た以上、本来は〈ペイシェント〉であってはいけないのではないかと思うのです。

私たちが医師に治療を依頼するのは、病気やケガによる肉体的・精神的苦痛から解放してもらうためであって、苦痛を耐えるためではないはずです。痛みを医師に訴え、それから楽になることを依頼するのです。

しかし、実際には病院内の患者の立場は、〈苦痛に耐え〉、また〈治療に耐え〉、〈患者としての立場に耐える〉人、というのが実態ではないでしょうか。

「弁護士なんかの仕事と一緒にしないでくれよ」

と、言う医師がいたら、それは傲慢《ごうまん》というものです。

ぼくが病院嫌いでもなんでもないのに、病院へ行くのが苦手《にがて》なのは、ひょっとするとそのへんにひとつの遠因があるのかもしれません。〈依頼人〉にはなってもいいけど、どうも〈患者〉にはなりたくない、という気がするのです。〈患者〉という言葉自体に、一般社会における人間関係から切り離された存在の匂《にお》いがする。あえて無遠慮に言わせてもらえば、どちらかといえば〈依頼人〉よりも〈囚人〉の側に近いような雰囲気《ふんいき》があるのです。

　また治療や検査に際しては、医師と患者の信頼関係が必要です。担当医師を信頼できなくては治療もなにもありません。相互の信頼関係あっての治療なのです。

　しかし、患者のほうから考えてみますと、古い友人の医師ならともかく、初対面の医師をどう信頼すればいいのでしょうか。その学歴か。知名度か。紹介者との関係か。それとも肩書きか。態度や言葉づかいか。それとも年齢か。

　そんなことが信頼度の物差しになるわけはありません。東大の医学部をトップで出ようが、何千例の手術をこなしたキャリアだろうが、人間を信ずるということは大変なことなのです。

「もしもぼくがガンの治療を受けるとなったら、どの男に担当してもらうかを真剣に考えるだろうなあ。なんたって医者選びに一生の運命がかかってるんだからね」

　とは、ぼくの友人の医師の正直な言葉です。まさに信ずるに足る医師に出会うか、それともそうでない医師に出会うかは運命の別れ道といっていいでしょう。

そして、それはほとんどギャンブルにひとしい選択なのです。

いろいろ質問して、それを面倒がったり、嫌《いや》がったりする医師は避けよ、などと書いてある本を読むことがあります。しかし、現場の医師は、実際にはひとりの患者だけに専念できる時間も、エネルギーもてないのが現状でしょう。それに専門知識のない患者にあれこれ説明したところで、知識の落差はどうしようもありません。

専門家におまかせする、というのが私たちが病気にかかったときの普通のマナーではないでしょうか。そして良き〈患者〉となり、担当医に絶対の信頼を託する。病院の運営を信じ、医師を信じ、最新の治療技術を信じ、検査技師の経験を信じ、科学を信じ、製薬会社を信じ、回復を信じ、最後は牧師さんやお坊さんを信じる。

こう考えてみますと、病院で治療を受けるということは、宗教とよく似ていることに気づきます。信仰の根本原理は〈信ずること〉にあります。理論はあとからついてくる。科学を信仰からははっきりと切り離したのはデカルトですが、現代の私たちは医療に関して宗教的ともいうべき姿勢で対しているのではないか。それもかなり安易に〈信ずる〉契機を選んでいるのではないか。

つよい信仰を獲得した人は、みな必ずさまざまな遍歴を経た後に、何かに出会っています。法然《ほうねん》も、親鸞《しんらん》も、日蓮《にちれん》も、道元《どうげん》も、それぞれに独自の信仰をきずきあげた宗教家ですが、はじめはみな比叡《ひえい》山で天台《てんだい》の修行《しゅぎょう》をし、そこからドロップアウトして新たな道を模索《もさく》した人たちです。

しかし私たちはガンのような命にかかわる問題にさえ、評判や、紹介や、有名度や、偶然のきっかけによって病院と出会い、医師への信頼を誓うしかありません。政府や、銀行や、教団や、教育さえもなかなか信用できない時代に、どうして病院だけが信頼できるのか。

ぼくは医師たちの情熱を信じています。科学の達成を尊敬もしています。人間的に信頼するに足るすばらしい医師や、良心的な医療施設の存在も知っています。

しかし、それでもなおこれまでの〈患者〉という言葉でくくられる存在にはなりたくないと感じてしまう。せめて〈依頼人〉として扱ってくれるような病院があれば、などと勝手なことを夢想するのです。

十八世紀にパリ病院が発足したとき、若い医師たちはフランス革命に先だつ理想と情熱に燃えて新しい医療革新ののろしをあげました。

「病人を診《み》るより、まず病気を診よ」

というスローガンは、きちんと科学的に病気そのものを診ることを怠っていた中世の御典医《ごてんい》的医療、机上の医学に対する科学的リアリズムの宣言だったのです。そこには、すべての人間は平等である、という、自由、平等、博愛の近代的意志が先どりされて反映しています。王様も、貴族も、労働者も、町のルンペン・プロレタリアートも、病人、患者という一点においてはすべて平等である、と考えたのです。

大事なのは階級でもない。その人の社会的地位でもない。立場でもない。万人、病む者はすべて平等に患者として医療を受ける権利がある。病気は病気とし科学的態度で直視されなければならない。

そんな思想が、古い医療に大きな打撃を与えたことはまちがいありません。当時の医師たちの情熱に深い感動さえおぼえます。

しかし、それから二百年。

いま、かつて革新的であったスローガンは、その本来の立場を忘れて、風化し、かえって古くなっているようです。

「人間を忘れて病気を診る」

というまちがいが自然に広がってきていはしないか。すべての新しきものは古びてゆく。そして時代も思想も常に変化してゆく。そのことをいまあらためて感ぜずにはいられないのです。

第十章　健康幻想を排す

早期発見ははたして大切か

国家百年の計、などという言葉がありました。ありました、と過去形で書いたのは、いまの時代にはあまりふさわしくない用語のような気がするからです。

政治家たるもの、十年や二十年先のことを考えて政策を立てているようでは心もとない、という感じがこの言葉にはあります。せめて五十年か、百年先をにらんで政権を担当してほしいと、ぼくも思います。

しかし、現実はあしたどころか、きょうの問題を解決するのに手いっぱいといったところでしょう。きのうの問題さえ先送りに延ばし延ばし対応しているのが、現在の政治の実態ではないでしょうか。

それを批判したり、嘆いたりする気はぼくにはありません。いまの時代は、はっきり言えば、あすの予測すら立たない厄介《やっかい》な時代なのですから。

自分の毎日の暮らしをふり返ってみてもそうです。銀行だって安心はできません。そうなれば、貯金を当てにして老後の設計をするわけにはいかないではありませんか。

土地や、株や、貴金属だって頼りにならない。地位や、自分が属している大企業とて必ずしも安心ではありません。

そうなると、何を自分のよりどころとするか。よく考えてみますと、もし阪神淡路《あわじ》大震災以上の震災がやってきたとすれば、本当に当てにできるものなど、どこにもありはしないということになります。

健康、という幻想が急に重みをおびて感じられてくるのは、そんなことを考えるときです。とりあえずコンディションのいいからだをもちたい。一日一日を快適に、気持ちよく暮らしたい。病院に通ったり、いろんな食事制限に悩まされることなく生きていきたい。

そんなふうに思わない人はいないはずです。社会状況が先を読めない時代になればなるほど、人びとの健康への欲求はつのるばかりです。

紅茶キノコだとか、飲尿だとか、いろんな健康療法がブームをまきおこしては、いつか忘れさられてゆきました。生来ものぐさなぼくは、いずれにも興味をもちながら、ついに実行するまでにはいきませんでした。

なにか特別なことをするのが面倒なのです。そういうことではなく、一日の暮らし方の調節によってコンディションのいいからだを維持《いじ》できないか、というのがぼくの身勝手な願望なのです。

ぼくはとりあえずいま、なんとか支障なく毎日を過ごしています。小さな不具《ふぐ》合《あ》いはいろいろありますが、病院や医師のお世話になるほどの問題はありません。「さいわいにして」と、つけ加えるべきでしょう。ぼくがこうしてどうにか暮らすことができているのは、まったく偶然の結果でしかないからです。

ガンは劇的な病気のような印象がありますが、実際にはゆっくりと時間をかけて成長してくる病気だそうです。

ですからあわててタバコをやめたところで、すぐに肺ガン予防の役に立つわけではないといいます。五年も、十年も前にスタートした異常が、表に現れてから大騒ぎしたところで仕方がありません。

たとえば遠い宇宙のかなたで起こった星の大爆発は、それが光として地上のわれわれにわかったときは、すでに何百年何千年も昔の事件です。つまり、いまは、すでに過去なのです。というのは、なにかが起こってしまってからぼくらに察知されたのだと考えてもいいでしょう。

ガンになった、のではない。ガンが時間をかけてゆっくりと進行していたことに気づかず、それが目に見える時点でようやく発見できたということにすぎません。

よく早期発見、早期治療がガン克服の最上の手段のようにいわれますが、たしかにそれが有効な場合もあり、また、発見されたときはすでに早期とはいえないようなガンもたくさんあるのではないでしょうか。

こんなことを言えば、「早期発見が大事なのは常識じゃないか」と眉《まゆ》をひそめられるかたもいらっしゃると思います。しかし、〈比較的早期〉ということはあっても〈完全な早期〉などというものはない。私たちの遺伝子そのものがすでに問題を抱《かか》えている場合もあるのですから。

はっきり言えば、ぼくはガンが手のつけようがないほど進んで発見されることを望んでいるのです。早く気がつかなかったということは、それまでなんとなく普通に暮らせてきたということでしょう。ぼくの独断と偏見では、ガンの完全治《ち》癒《ゆ》など幻想ではないかと思います。もしガンがなくなったとしても、死はなくならない。ガンも死への進行過程のひとつの現象にすぎません。もし、科学が死をなくしたとすれば、人間は自殺するしか道はないのです。

こんな文章を書きつづけているあいだも、ひょっとしたらぼくのからだのなかでガン細胞がゆっくりと成長しつづけているのかもしれません。また、自覚できない疾病《しっぺい》におかされている可能性も大いにあります。

そう考えてみますと、健康、というイメージが、どれほど頼りにならない危《あや》ういものであるかが、よくわかってくるのです。

むしろ百パーセント健康な人間なんて、この世の中にはいないのだ、と考えたほうがいいような気がしてなりません。

私たちは一人ひとり、すべて病気を内側に抱《いだ》きながら生きている存在ではないのか。老い、という現象ひとつとってみても、それから逃れる術《すべ》は誰ももたないのですから。

老いは自覚されるずっと以前に発病しているのではないでしょうか。ひょっとしたら、幼児期の終わりか、少年期のはじめにすでに私たちの内部に発芽しはじめているのではないか。青春とは、すでに老いの進行過程をいうのではないか。

こんなふうに考えることを、一般に悲観的なものの見方といいます。

「暗いですね」

と、いやな顔をされそうです。しかし、病気とか、老いとか、死とかいった言葉を、ネガティヴにとらえることのほうが、もっと暗いんじゃないかと思ったりもするのです。

私たちはなにか大きな意識の転換期に立たされているように感じるときがあります。これまで悪と考えられていたものを正面から素直に見る。善と思ってきたもののヴェールをはぎとって直視する。

そうするとき、私たちは人間が生まれながらにして老いのキャリアであり、死のキャリアであり、成人病のキャリアであり、どんなに工夫をこらしたところで、いつかはそれが発現する存在であることに気づくのです。

勝つ、負ける、という考え方は長く近代の社会を支配してきました。植民地にされたくなければ軍事大国を目指《めざ》すしかない、やるか、やられるか、という二者《にしゃ》択一《たくいつ》のなかで、国家だけでなく個人の生命観もとらえられてきたのです。

しかし「事はすでに起こっている」という見方に立ちますと、ローマは一日にして成らないと同時に、ローマの滅亡もまた早くからその内部に発生していたと考えてもいいでしょう。ローマは一日にして滅びず、というわけです。ローマの繁栄とは、じつはその進行するガンの最中にあったのかもしれません。

ぼくは自分を健康な人間だと思ったことは一度もありません。すでに事は起こっている。それに気づくのが、あすなのか五年先なのか、それがわからないだけの話です。

「五木さんはそんな不摂生《ふせっせい》をしながら、よくきょうまで元気でやってこられましたね」

などと言われることがあります。でも、いま自分が元気かどうか、どうしてぼく自身にわかるでしょうか。

ぼくは健康とか病気について、古い不可知論《ふかちろん》的な立場でものを言っているのではありません。いまの私たちには、ようやく見えてきたことがあるのです。それは、見えたときに物事が起こったのではない、ということです。その以前に事は起こっている。進行の度合いによって気づいたり、気づかなかったりするだけなのだ。ぼくはそう考えるようになってきました。

マージナルな部分が生命を支える

さて、前に書いた足の話です。

ぼくは最近、朝と夜、二度かならず足を洗うようになりました。そうしようと努力しているのではなくて、たまたま旅先でそういう機会が偶然にあったのですが、そのことが妙に気分よく感じられたのがきっかけです。

そして、次の日、その次の日、と、それが続いて、いつの間にか習慣のようになってきたのでした。

しかし、足を洗うとき、ただモノを洗うように洗っているわけではありません。一日ずっと駆使した足の指は、すっかりくたびれはてて、変な匂《にお》いさえはなっています。そんな足の指に名前をつけてみました。右の足の親指は一郎です。いまふうにイチローと呼んだほうがいいでしょう。

イチローの隣の指がジローで、その次がサブロー、そしてシローに、最後の小指がゴロー。

よく見ると、それぞれくせのある妙な形をしていることがわかります。パッと足の指を広げてみても、必ずしも同じようには広がりません。人間の兄弟と同じように十本それぞれに個性があるのがおもしろい。

その指、一本、一本に話しかけながらゆっくり洗ってやります。

「おい、イチロー、きょうは固い靴で歩きまわってきゅうくつだっただろう。なんだ、右のほうをむいてふてくされてるのかい。よしよし、じゃあこっちへひねって姿勢を直してやろう。さあ、これでどうかね」

などと、声を出して話しかけながら、それぞれの指を洗うのです。

左の足の親指はカズミです。漢字で書けば一美《かずみ》。次の指から小指まで、順番にフタミ、ミミ、ヨミ、そして最後がゴミ。

深夜、足の指をひねり回しながら、何ごとかぶつぶつしゃべりかけている小説家の姿を誰かがのぞき見たら、きっと薄気味わるく思うことでしょう。

足を洗う、という言葉には、どこか奇妙な感じがあります。ヤクザ渡世から足を洗う、とか、悪人の群れから抜けてカタギになるようなときに使われることが多い。しかし、物理的に足を洗うだけでなく、足の指の一本一本と対話しながら丹念に洗っていると、そこから何かしら伝わってくるものがあるのです。

ぼくは以前から、からだの中心部よりも、縁辺部《えんぺん》が大切、という考え方を大事にしてきました。身体のマージナルな領域、などといいますと大げさに感じられますが、要するに末端が大事、という発想です。

手先、指先、足首、足の指、皮膚、耳、鼻、など表面に出っぱっている端《はし》っこの部分を大切にする。都市中心、東京中心の日本文化論がいまでも横行していますが、この国がいきいきと活性化するためには、地方と呼ばれる末端が元気でなければなりません。

心臓とか、脳とか、内臓などの中心部はたしかに重要です。しかし、そちらのことだけを考えて、手先、指先、末端の毛細血管のことを忘れては困るのです。

指先をもむ、顔をこする、足の指や、ことに足の裏を丹念に刺激する、そういうことをできるだけずっと続ける必要がありはしないか。それは必ずしも健康法ではありません。足の裏とか、背骨とか、どこかひとつを正しくすれば、あらゆる病気が治るなどという説もありますが、ぼくは何かひとつの方法が万能薬のように効《き》くという考え方には同意できません。人間とは、それほど単純な存在ではないと思っています。じつに微妙な、そして複雑な世界をもっている。ですから、足の裏にこだわるのもひとつの思想であり、文化論だと自分では思っています。

たとえば、裏、といえば、どうしても悪いイメージをもつのが世の常です。裏口入学、裏取引、裏表のある人間、事件の裏、どれをとっても裏は分《ぶ》が悪い。表、といえば良く、裏といえば悪いという私たちの固定観念から、裏への差別感が生まれ、またそれを嫌《いや》がる気風も生じてきます。

山陰地方や北陸など、日本海ぞいの文化圏は、古くから日本文化のバックボーンでした。

しかし、裏日本、などという言葉をつい使ってしまいますと、新聞社や雑誌社が首をかしげます。

「これ、いいんでしょうか」

と、心配げにきかれるのは、日本海ぞいの地方の人びとが裏日本という表現に不快感を抱くのではないかと、ふと考えるからでしょう。

たしかに裏日本という言葉を嫌う理由はあります。しかし、本当に裏はマイナスで、表がプラスなのか。

裏と同じように、陰、という言葉も、これまでずっと不当に差別されてきました。

山陰、という言葉をやめようという運動が地方で起きたこともあります。陰、という字のイメージが暗く、陰気である、というわけでしょう。

ためしに、陰、がつく言葉を探してみますと、

〈陰気〉

〈陰険〉

〈陰謀〉

〈陰部〉

〈陰鬱《いんうつ》〉

〈陰惨〉

など、いくらでも出てきます。どれも、爽《さわ》やかで気持ちがいい表現ではありません。

そこで山陰という言葉のかわりに、なんと、北陽、という用語が考え出されたのです。

しかし、結局、何十年か経《た》ってみますと、北陽、などと呼ぶ人はいません。いまでも山陰、裏日本、などといいます。しかし、そのくせどこかにちょっと引っかかるところがある。

このことは、私たちが無意識に、裏と陰を蔑視《べっし》してきたことの反映ではないでしょうか。言葉に対する偏見は、当然のことながら現実にも影響を及ぼすものですから。

裏はよくない。陰は避けたい。こういう気持ちはそのまま足の裏を馬鹿《ばか》にする健康観と、どこかでつながってくる。

末端もそうです。中心が大事、表が大切、と、こうなる。だから、まず心臓だ、脳だ、内臓だというわけです。

しかし、実際には足の裏とか、目とか、手足の指とか、歯とか、皮膚とかいったマージナルな部分が、根本的に大切なのではないでしょうか。ぼくは素人《しろうと》考えで言っているだけですが、どうもそういう気がしてならないのです。

そんなわけで、いまでも朝と夜、足を丹念に洗ったり、もんだりしながら足の指にぶつぶつ話しかけているというわけです。

部分が大切だ。そして、端っこが重要なのだ。地方こそ土台なのだ。こんな考え方を今後さらにつきつめていきたい。と、そう考えながら、きょうも足を洗っているのです。

第十一章　ネガティヴ・シンキング

道教の思想と制御の時代

ひさしぶりで風邪《かぜ》をひいてしまいました。

昨年の夏からずっと、一度も風邪をひかずにきたので、つい油断をしてしまったのが、いけなかったのです。

例によって動物のようにじっとからだをまるめて二日間過ごしました。ほとんど身動きもせずに、ただひたすらじっとしている。できるだけゆっくり呼吸をし、水分だけはたっぷり補給する。古いセーターを三枚重ね着して、下着が汗でぐっしょり濡《ぬ》れるまでからだを温めます。

一般には、風邪をひいたときには安静と同時に栄養をとることが大事、といわれますが、ぼくの場合にはできるだけものを食べないようにしています。

こうして四十八時間完全ダウンを続けているあいだに、なんとなく風邪っ気が抜けてしまったのは、ラッキーでした。

「風邪は万病のもと」

とは、やたらに耳にする言葉です。たしかにその通りだと思うのですが、どんなに注意をしても、風邪をひくときにはひいてしまう。そういうものなのです。

昔のお坊さんの言葉に、

「死ぬときは死ぬがよし」

とかいうのがありますが、「風邪をひくときはひくがよし」と、あきらめるのが自然なことかもしれません。

健康と寿命《じゅみょう》とは違う、という説があります。しょっちゅう病気ばかりしているのに妙に長生きの人もいますし、みるからに健康そうで本人もやる気まんまんといったタイプの人が、意外にあっさり亡くなったりもするものです。ひょっとすると寿命というものは、あらかじめセットされてあるものなのかもしれない。

最近は猫も杓子《しゃくし》も遺伝子やゲノムのことなどを話題にしますが、もし寿命というものがあらかじめ時限爆弾のようにセットされてあるとするならば、あとは交通事故にあわないように気をつけるぐらいしか打つ手はないような気もしてきます。

熱にうなされながら、セーターを重ね着して動物のようにからだをまるめてベッドのなかに横たわり、とりとめのない妄想をくりひろげるのも、生きていればこそです。死んでしまえば風邪もへったくれもありません。風邪に悩まされているあいだは、とにもかくにも命があるわけですから、じたばたせずに時間の経《た》つのを待つだけです。

まあ、そんなふうにして二日間が過ぎますと、急にからだじゅうの細胞がプラスの方向へざわざわと活気づいてくるのが感じられてきました。熱が下がり、からだの節々の痛みも去り、何よりも猛烈な食欲が出てきます。

こんな瞬間の充実感はなんともいえません。生きている、ということを実感するのは、すばらしく気持ちのいいものです。

さっそく起き上がって仕事にかかります。ストップしていた原稿をひとつずつ片付け、延期してもらっていたインタビューをやり、髭《ひげ》を剃《そ》って、雑誌の対談にもでかけます。きょうは福永光司《ふくながみつじ》先生と対談をすることになって、ひさしぶりに刺激的な時間を過ごすことができました。

福永先生といえば世界的な道教の権威です。道教の本家本元の中国からも研究者たちが教えをこいに福永先生のところにやってくるほどですから、道教研究の第一人者といってもいいでしょう。

京都大学人文科学研究所の所長をなさったり、東大で初めて教授として道教の講義をなさったり、その学問的業績にいたってはいまさら云々《うんぬん》するのもおかしいくらいです。大学を退官されたあと、郷里の九州の中津へ住まわれたのですが、いまも以前にまして東奔西走《とうほんせいそう》の日々を送っておられるようです。

不思議な御縁《ごえん》があって、福永先生としばしばお会いする機会があります。今度も一応は対談という名目になっていますが、実際には素人《しろうと》のぼくが福永先生から道教について初歩的な手ほどきをしていただくといった企画でした。

この歳《とし》になりますと、専門映な知識はなかなか頭にはいりません。理解はできるのですが、すぐに忘れてしまう。特に道教の専門的な資料となると、嚙《か》んで含めるように教えていただいても右から左へと頭のなかを通りぬけてしまいます。それでも、なにかがあとに残るような気がするところがありがたい。砂丘を風が吹き渡っていったあとに、かすかな風紋が残るように、ぼくの頭のなかの固定観念や古いイメージが、ほんの少しだけ変わる感じがあるのです。

きょう福永先生とお会いしたあと、つくづく感じたのは、道教の思想というのは、あふれるような生命力をともなった哲学なんだな、ということでした。

そもそも福永先生御自身が堂々たる体格の持ち主で、すばらしくエネルギーにあふれた存在です。食欲も旺盛《おうせい》、声も大きい。からだを乗り出すようにして、しゃべりだされると、それこそ奔流のように言葉があふれてきます。

その圧倒的な生命力は、どう考えても仏教や儒教の雰囲気《ふんいき》ではありません。そんな先生のエネルギーの前に、風にそよぐ葦《あし》のようにちぢこまりながら、ふと、こんなことを考えました。

いまなぜ道教なのか。

以前、現代写真家についての短いエッセイを書評紙に書いたときに、アッパーとダウナーという言葉を使ったことがありました。アッパーもダウナーも、よくドラッグについて語るときに用いられる言葉です。アッパーとはいわば上昇の感覚。人間の心とからだを刺激し、交感神経の働きを活発にして、いきいきと高揚した活力を感じさせるものです。その陶酔は自分が無限の可能性をもつ存在であるかのように世界をきらきらと輝かせます。

反対にダウナーは果てしない下降感覚。どこまでも沈み込んでいく喪失感のなかに、宗教的ともいうべき安らぎ、平和と幸福の陶酔が広がっていく。

ストレートに言ってしまえば、アッパーとはコカ系のドラッグでしょう。ダウナーはそれに対して南方アジアの阿片《あへん》茶の麻薬です。

よく知られているように、野生のコカの葉は先住民たちが過酷な労働に疲れたとき、また病気で体調が低下しているときなどにそれを嚙むことで一時的に元気が出る自然の恵みでした。

コカの葉っぱを嚙むことで活力を取り戻し、気分を高揚させることができたのです。

一方、阿片茶の麻薬は、ときには洗練された知的な人びとの社交の嗜《たしな》みとしても用いられました。

モルヒネと同じように、すべてのドラッグは使用法と、用いる側の動機によって、多様な性格を示します。タバコやアルコールなども同じことです。飛躍した言い方をすれば、科学や宗教や芸術なども同じかもしれません。

話を元に戻して、いま二十世紀の世紀末を迎えようとしている世界は、アッパーなものへ向かおうとしているのか、それともダウナーの方向を選ぼうとしているのか、そこを考えてみましょう。

話を私たちの国に限っていいますと、一九八〇年代の半《なか》ばからビッグ・ウェーブのように押し寄せてきた高度成長の時期、いわゆるバブル経済時代というものは、あきらかにアッパーそのものの季節といってもいいでしょう。

熱狂と高揚の去ったのちに、祭りの終わりの虚脱感が訪れます。あのバブル時代とは、明治維新以来の、そして戦後五十年続いたアッパーな季節の最後の高波でした。それはただこの国の経済だけのことではありません。近代という猛烈な時代が峠を越して、世界がこれからは緩《ゆる》やかな下山へ向かいつつあることも疑う余地はないのです。

つまりいま私たちは新しいダウナーの季節に差しかかっている。坂の上の雲を目指《めざ》してひたすら駆け登ってきた場所から、今度はゆっくりと静かに下降していかねばならないのです。

そういう時代に、どうしてエネルギーにあふれた道教が魅力的に感じられるのか。

ぼくの独断的な意見を言わせてもらえば、道教にはたくましいエネルギーがある。だがそのエネルギーは上昇感覚ではなく、あくまでも下降していく生命力なのだ、という点に問題を解く鍵《かぎ》がありそうな気がするのです。

たとえば、永遠の生命を目指すために、道教も独自の呼吸法を究《きわ》めてきました。あらゆる思想、あらゆる宗教、あらゆる医学は、心とからだの接点に呼吸法を置くのが常です。古代インドに発達したヨーガ系の呼吸法は仏教にも大きな影響を及ぼしました。ぼくの考えでは、ヨーガ系の呼吸法は大地から下半身へ、さらに下半身から上半身へ、そして最後は脳から宇宙へとエネルギーを循環させてゆくアッパーな働きをもつように感じられます。ヨーガといえばいかにも静的なイメージですが、実際にはすさまじいエネルギーを虚空《こくう》に放電する営みのように受けとれるのです。

一方、道教の呼吸法は、上から下へ臍下《せいか》丹田《たんでん》にエネルギーをためる働きを目指すように思われます。つまりあふれるような生命力をどう制御するかにかかっているのです。それに対してヨーガは、人間の小さな生命の火を無限増殖させて宇宙にまで通じる活力を求めているのではないでしょうか。

そこでふっと〈もんじゅ〉のことが頭に浮かびました。いつぞや、トラブルを起こした原子力発電の高速増殖炉〈もんじゅ〉です。〈もんじゅ〉が夢の原子炉といわれたのは、燃やした燃料よりも多量の燃料をつくりだせるからです。

しかし、それを平和利用するためには、エネルギーの増殖をコントロールすることが不可欠です。ここで決定的に大事なのは、制御という働きでしょう。加速するだけでなく、それを制御する、必要なだけブレーキをかける、そのことに重点が置かれます。

私たちはいま、膨れ上がった近代、科学や物質や経済機構や、軍事力や危険なウイルスや精神的危機や、あらゆる分野で抑制と制御を必要としているのです。飢餓よりも肥満を制御しなければならない社会が存在する一方で、歴史的に空前の餓死者が発生するという奇妙な時代に生きています。

いったん鎮静化したかに見えたＨＩＶは、さらに力をつけて粛々《しゅくしゅく》と再攻撃にうつろうとしているかのようです。東西二大国の冷戦構造は消滅しましたが、各地ではさらに多くの犠牲をともなう内戦、局地戦争が拡大しつつあります。

制御する、鎮静化する、減速する、そのような方向へ世界が動いていかなければ、どうにもならないところまできているのです。

道教という思想が、ふと私たちの心をとらえるのはむせかえるような過剰なエネルギーを制御しようという、ダウナーな知恵がそこに感じられるからではないでしょうか。

男にも更年期がある

風邪をひいたらじたばたせずに、ただ死んだように横になっているのがいちばんです。そのことで失敗もあるでしょうが、それでも悪あがきしたあげくに加速度的な過剰な失敗をするよりも、消極的な失敗がどれだけいいかわかりません。失敗を恐れるな、という言葉をぼくは、むしろなにもしないことで起こる失敗を恐れるな、というふうに、読みかえてみたいと思うのです。

ぼくは以前、四十代の終わり頃《ころ》から五十代に差しかかる頃、不思議な鬱《うつ》状態を体験しました。それはまるで男の更年期とでもいえるような季節でした。

男性にも更年期があるらしい、とぼくが言ったとき、知人の医者は笑いながら、

「男性には更年期などというのはないというのが、医学の常識なんだ。ぼくらは学校でそうならったんだよ」

と言いました。

しかし医学の理論がどうであれ、こちらがそれを体験している以上、そうですかと素直に引き下がるわけにはいきません。ぼくはそれ以来ずっと男にも更年期はあるという説を頑固に主張しつづけてきました。

最近はどうやら風向きが変わってきたらしく、男性の更年期についてさまざまな議論が交わされています。専門家がどんなに理論や学説を楯《たて》に「そんなものはない」と断言したとしても、ぼく自身にあるものはあるのです。

ぼくはその数年間、じつになんともいえない重苦しい時期を過ごしました。なんとかそこから抜け出したとき、本当に長いトンネルから明るい日の光の輝く平野部に出てきたような気がしたものです。

一日にひとつずつ、なんとか嬉《うれ》しいことを見つけようと努力したのもその時期でした。「歓《よろこ》びノート」というメモ帳を作って、一日にひとつずつ、無理にでも嬉しかったこと、楽しかったこと、感動したことを書きつけるのです。とるにたらないような小さなことでもいいのです。

「きょうはネクタイが一発で形よく結べて嬉しかった」

だとか、
「新幹線に乗ったら窓際の席がとれて富士山がよく見えた。嬉しかった」
だとか、じつにどうでもいいことを無理やり探しだしては毎日書きつづけていったものです。

ときにはいくら考えても、なにひとつ思い浮かばないときがあって、まるで長編小説の結末に苦しんでいるかのようにうんうん唸《うな》りながら一行の文句を探したものでした。何年か経つうちに嬉しいこと、楽しいこと、おもしろかったことが自然にいくつも思い浮かぶようになってきて、どれを書こうかと迷う場面がふえてくると、いつの間にか鬱状態から抜け出した自分に気がつくことになったのです。

それから十数年の月日が流れました。最近ぼくは新たに小さなノートを作り、いつもカバンに入れて持ち歩いています。

それはかつての「歓びノート」とは反対に、一日のうちで本当に心の底から悲しかったことを、ひとつずつ書きつけるためのものです。

それがどういう動機で出てきたものか、ぼく自身にもよくわかりません。しかしなんとなくそれが必要な気がしているらしい。歓ぶだけでなく、本当に深く悲しむこと、それをいま必要としている実感があるのです。「悲しみノート」が、どういう役割を果たしているかははっきりしませんが、きっとそれはいいことだという気がしてなりません。本当はいつの日か、歓びと悲しみの両方を素直につけられるような心境になることが夢なのですが。

（福永光司さんは二〇〇一年十二月に逝去されました。つつしんで浄福を念じます）

第十二章　歌いながら夜を

ホメオスタシスとエントロピー

一九三二年、といいますと昭和七年になります。ぼくが生まれたのは昭和七年の秋ですから、ちょうど六十数年むかしのことと考えていいでしょう。その一九三二年に、一冊の本が出版されました。

『The Wisdom of the Body』、日本では『からだの知恵』（舘鄰《たちちかし》・舘澄江訳）という邦題で講談社学術文庫にはいっています。著者はウォルター・B・キャノンという医学者です。このキャノン博士はアメリカの有名な生理学者のひとりですが、前にお話しした森鷗外《おうがい》と同じように軍医として第一次世界大戦に参戦しました。人間の歴史上、第二次大戦の次にもっとも多くの死傷者を出した戦争といわれた第一次世界大戦の悲惨な戦場で、彼は、多くの傷つき、そして死んでゆく兵士たちをみとり、その看護に従事しました。

その第一次世界大戦の体験は二冊の本に影をおとしています。『苦痛、飢え、恐怖および怒りに伴う体の変化』（一九一五）と『外傷性ショック』（一九二三）の二冊がそうです。このタイトルでもわかるように、キャノンの書いた本は単なる悲惨な医学的報告ではありませんでした。極限状態において人間がどのような感情を抱《いだ》くか、また心理的なショックが人間の生理をどう変化させるか、その心と、からだの関係性に彼の関心は向けられていたのです。

そして現在、キャノン博士はホメオスタシス（Homeostasis）という考え方を確立した先駆的な学者として医学界では有名です。このホメオスタシスという言葉は〈恒常性維持《こうじょうせいいじ》〉というふうに日本では訳されていますが、要するに、生きた存在には一定の安定した状態を保とうとする、おのずからなる働きが備わっているということでしょう。キャノンは主にそれを生体の生理的状況としてとらえるのですが、当然のことながら人間の心や感情にもそれはあてはまります。

私たちは不安になったり、ショックを受けたり、悲しんだり、いらいらしたり、気持ちが不安定になるたびに、さまざまな慰め、逃避、希望、励ましなどによって、心の安定した状態を回復しようと無意識につとめます。気晴らし、とか、忘れようとつとめる、ことなどもそうです。もっとひろく言えば趣味だとか、芸能だとか、あるいは文化、芸術、そのすべてが安定した心の状態を求めるおのずからなる人間の欲求として創《つく》り出されたと言っていいのかもしれません。

キャノンは、心とからだの不思議なかかわりあい方を、はっきりと人びとに教えた先駆者のひとりです。彼の『The Wisdom of the Body』はすでに六十数年の年月を経ているにもかかわらず、読んでみると、じつにおもしろい。いま、生物学や医学の世界では一カ月ごとに新しい発見が行われ、理論が進歩していくといわれています。分子生物学や、遺伝子学や、免疫学や、ガンの治療などの世界はもちろんです。何もかも目まぐるしく移り変わってゆき、きのうの常識はすでにきょうの非常識となり、去年の真理は新しい理論によってたちまち塗りかえられてゆく。そんな目まぐるしい時代のなかにあって、六十数年も昔の、いわば古典ともいえる本が少しも古さを感じさせず、むしろ新鮮にさえ読めるというのは驚くべきことでしょう。

キャノンが確立したホメオスタシスという概念は、今後もますます大事な考え方として重要な思想となってゆくのではないでしょうか。この『The Wisdom of the Body』は最初、日本では『人体の叡智《えいち》』というやや硬い題名で五〇年代の終わりに出版されました。『からだの知恵』の訳者のひとりである舘鄰氏の、文庫本に添えられた解説によりますと、このキャノンという人物は学者として大きな仕事をしただけでなく、人間的にもじつに魅力があった人のようです。彼は若い頃《ころ》から医学だけでなく、さまざまな哲学や文芸にも影響を受けたらしく、その文章の行間には不思議に人間的な温かい知性が感じられます。彼は快活で、かつエネルギッシュな性格で、友人たちにも親しまれていたようですが、じつは放射線の実験中に気づかないうちに被曝《ひばく》して、大腿《だいたい》と背中の皮膚潰瘍《かいよう》と白血病を発症し、生涯それに悩みつづけていたのだそうです。

どんなにすぐれた理論を生み出す学者であったとしても、どこかに何か深い傷を負っている人でないと、ぼくはなんとなく、いまひとつ信用する気がしません。

一度も病気をしたことのないような医者にかかりたくないというのは、ぼくのひそかな願望です。ある有名な医師が思いがけない病気になって周囲から入院をすすめられたとき、その医師は入院するくらいなら死んだほうがましだと強硬にがんばったというのは、ぼくの聞いた実話で、決して笑い話ではありません。

ぼくが六十数年前に書かれた古風な啓蒙《けいもう》的医学書に感動するのは、その学説の背後に wisdom とでもいうべきものが、たしかに感じられるからでした。wisdom という言葉を〈叡智〉と訳するか〈知恵〉と訳するかはその時代の人びとの感覚でしょうが、もし〈知恵〉と訳するならば、ぼくは古い仏教用語に出てくるほうの〈智慧〉という字をあてたいという誘惑に駆《か》られてしまいます。

ここでキャノンの本の内容や、その業績について、くわしく説明するつもりはありませんが、とりあえずホメオスタシスという言葉だけは、おぼえておいてください。

人間の心にも、からだにも、不思議な働きがある。それは常に平和な安定した状態に私たちの存在を保とうとする恒常的な力です。生体だけでなく社会の構造にも、経済にも、あるいは物質の世界にもそのホメオスタシスは働いているのかもしれません。

たぶん、古典的な経済学者が言った〈見えざる神の手〉によって市場経済は保たれてゆく、という考え方もそのひとつではないでしょうか。よく自由主義経済などといいますが、いま私たちが住んでいる資本主義社会も一種のホメオスタシスが働いていると思うことがたしかにあります。官僚による無数の規制を撤廃しようなどという最近の動きは、経済のホメオスタシスに対する信頼から生まれているのかもしれません。

さて、そんなふうに考えますと、なんとなく気持ちが明るくなってくるところがありますが、一方では物理の世界にはエントロピーという、なんともいえない辛《つら》い法則も存在します。

ぼくは専門家ではないので理論的な定義はできませんが、この法則を一般的な事柄にあてはめて、ごく俗っぽく解釈しますと、エントロピーというのは、この世界のあらゆる秩序は時間の経過とともに次第に崩れてゆき、老いてゆき、乱雑になってゆく。そして一時的な回復はあったとしても、決してそれは最初に戻ることはない、という理論（法則）です。

このエントロピーの法則は、熱力学第二法則として、現代の科学が絶対に否定することのできない真理として一般に認められていますから、いやでもそのことを受け入れざるをえないでしょう。しかし、ぼくがこのエントロピーの思想に真実味を感じるのは、世間のあらゆる学者がそれを認め、物理学が法則としてそれを証明しているからではありません。日々、自分の生きている毎日の生活のなかで否応《いやおう》なしにそのことを実感させられるからです。

大世紀末をどう生き延びるか

いまから二千五百年ほどの昔、北インドで、ひとりの青年が人間とはどのような存在であるかについて思い悩みました。恵まれた環境にあった彼が最後にたどりついたのは、人はすべて四つの思うに任せぬ条件を背おって生きているという結論でした。

〈生《しょう》・老《ろう》・病《びょう》・死《し》〉というのがその四つです。

人間は自分の意志によって自己の誕生を選択することができない。どんな時代に生まれてくるか、どんな家庭に生まれてくるか、どんな民族に生まれてくるか、黄色い肌に生まれてくるのか、白い肌に生まれてくるのか、黒い肌に生まれてくるのか、金髪に生まれてくるのか、ブルネットに生まれてくるのか、運動の才能に恵まれて生まれてくるのか、それとも学問や芸術的才能をもって生まれてくるのか、その反対か、強い意志を備えて生まれてくるのか、臆病《おくびょう》に生まれてくるのか、それは自分が決めることではありません。そして努力と意志の力と教育とをもってしても、人間はそんな自分を自由に変えることはできないのです。どんなに努力したところで、自分の父親、母親、そして家族を選びなおすことはできないのですから。

そう考えてみますと、私たちは生まれてくるという事実ひとつについてさえも、じつに思うに任せぬ目に見えない力によって決定されていることを感ぜずにはいられません。

また生きてゆく上では難しいことがたくさんあります。世間は思うに任せぬことばかりです。そして私たちはときに病《やま》いを得ることがある。すべてのガンは成人病であるという考え方すらあるのです。

そして最後に人間は病いから解放されることなく世を去ります。去ってゆく先は死という世界です。

老いてゆくこと、病いを得ること、そして死んでゆくこと。これは、生まれてくること生きてゆくことと同じように、思うに任せぬことであり、私たちは生涯、その与えられた条件を背おって生きてゆかねばならない。

くり返し言ってきたことですが、どんなに科学が進歩しようとも、どんなに私たちが人生において謙虚に努力しようとも、どんなに深い愛情をもって世のため人のために尽くしたとしても、長くとも八十年から百十年くらいまでのあいだに私たちはこの世から退場しなければなりません。オリンピックまであと何日などという電光掲示板を見かけたりすることがあります。あれと同じように、オギャーと誕生したその瞬間から私たち哺乳《ほにゅう》動物は、およそ五億回の呼吸と二十億回の心臓の鼓動とを持ち分として与えられ、それ以上に貯金をふやすことなど不可能だと知っています。

人間がそのようなエントロピーのなかに生きてゆくこと、つまり若々しく誕生した青年はすでに青春期から一歩一歩、死へ向かって少しずつ下降してゆく。細胞は老化し脳も衰えてゆく。知性というひろい世界が歳月とともに人間を育てていったとしても、やはり存在自体としての人間も物と同じようにエントロピーの法則にしたがわざるをえません。この考え方は人間に、なんともいえない無力感を与えます。〈豊かな老い〉という言葉にも、なにか逆にせつないものが感じられます。

老いてゆくことはやはり老いてゆくことであり、死はどのように迎えようとやはり死にちがいありません。もしそれを乗り越えようとすれば、そこには聖徳太子がつぶやいた言葉〈世間虚仮《せけんこけ》　唯仏是真《ゆいぶつぜしん》〉というような世界しか見あたらないのではないでしょうか。信仰を拒否し、自分の意志と理想とを信じて最後まで雄々《おお》しく誇りをもって死を迎えた人びとはたくさんいます。しかし、その思想や意志さえも、言いかえれば、その人なりの〈信仰〉ではないかという気がするのです。

人間は〈生・老・病・死〉という四つの思うに任せぬことの枠《わく》のなかの存在にすぎないと考えたインドの二十九歳の青年は、恵まれた地位や、豊かな生活や、妻や子供を捨てて出家し、目に見えない世界を求めて旅に出ます。ゴータマ・シッダールタ、つまり一般に釈迦《しやか》といわれている人物がその人でした。彼は、その当時としては比較的長く生き、そして八十歳で思いがけぬ病いを得て死にます。

エントロピーの考え方は、重い鉄の枷《かせ》のように私たちの心を締めつけます。結局そうなんだなと思うと、力が萎《な》えるのを感じるときもあり、なんとなく笑いだしたくなるときもあります。

宗教の世界には、キリスト教たると仏教たるとを問わず、どの宗教にも〈末《まつ》世《せ》〉の考え方があるようです。正しい教えが次第に崩れてゆき、形骸《けいがい》化し、そして力を失ってゆく。その先にあるものは何だろう？　最後の審判とか、ハルマゲドンとか、世界最終戦争とか、そんなイメージが人びとの心にちらちらと点滅するのも、私たちがエントロピーを無意識のうちに肌で感ずるときです。

こうしてあらためて考えてみますと、ホメオスタシスという考え方にはどこか明るくヒューマニスティックな感触があり、エントロピーという法則にはつめたく恐ろしい感触があります。

人間はいつもそのどちらかを選択し、それぞれの人生を歩んでいるのではないでしょうか。ときには、この世は平和で希望に満ちて明るいのだと感じる。人間は信頼すべきものだと思ったりする。生きていることはいいなと感謝さえする。そしてしばらくするとまったく逆の感じでがっかりする。しょせん人間なんて、とか、人生ってなんてひどいものだろう、とか、結局はそうなんだな、とか感じる。これのくり返しで生きている人もいれば、また、一日のうちにすらその両方を交互に感じつつ暮らしている人もいます。じつはぼく自身も今日まで長いあいだ、そのふたつの考え方のあいだを、ころがるラグビーボールのように不規則に揺れ動きながら生きてきました。

最近ロシアではすっかり人気がなくなったようですが、昔ゴーリキーという作家がいました。有名な戯曲『どん底』の作者です。この人の思想的小説が色あせたいまでも、ぼくは彼の初期の短編や自伝的な作品や、彼の回想記などが大好きです。そのゴーリキーは若い頃、人生について思い悩んだ末にピストル自殺をはかりました。ラッキーなことに弾《たま》がそれて彼は死なずにすむのですが、そのゴーリキーがどこかでふっと洩《も》らした言葉があります。

〈そりゃあ、人生はひどいもんさ。何とも言えずひどいもんだが、でも、それだからといって、自分でそれを投げ出してしまうほどひどくはないね〉

ぼくはこのゴーリキーの言葉がとても好きです。そこには人生のエントロピーに対する深い絶望がある。それはいやでも認めざるをえない。しかし、だからただ成り行きにまかせて力なく生きるか、それとも、いっそのこと自殺してこの人生を放《ほう》り出してしまうか。だがちょっと待てよ、とゴーリキーは考えなおすのです。たしかに人生もこの世界もひどいものだが、だからといって、あえてそれを自分で投げ出してしまうほど、そこまでひどくはないぜ、という言い方には、控えめな人間のホメオスタシスに対する、あるいはこの世のホメオスタシスに対する、信頼があるような気がするのです。

絶望にしろ希望にしろ、それは大声で叫ばれるときになんとなくうさんくさい感じがしないではありません。人生がすばらしいものであるにせよ、あるいは絶望につつまれたむなしいものであるにせよ、かすかな微笑《ほほえ》みをもってつぶやかれる言葉、何気なくふっと洩らされる言葉によって表現されるとき、それはこちらの心に深く伝わってくるのではないでしょうか。

ホメオスタシスの考え方はその後さまざまに発展してゆき、新しい思想のもとになりました。

また、自然治癒《ちゆ》力という言葉も、いまでは中学生までが使うほどにポピュラーなものとなりました。楽しく、明るく、前向きで生きる、そして目に見えぬものに感謝し、大きな声で笑い、人びとに微笑みを投げかけ、少しでも人のために尽くそうとする、そんな考え方や人生に対する思想が、健康を維持する上で大きな役割を果たしたり、あるいは思いがけない回復力を病気に対してもったりすることは、いまさら言うまでもありません。心とからだの関係は、すでに常識なのです。人間のからだに自然治癒力がある。また、経済や社会に自然回復力がある。こう考えることは、どことなく私たちを元気づけ、明るい気持ちにさせます。

キャノンの書いた本を読むとき生理学の教科書のような無機的な感じがしないのは、そこに流れているヒューマンな人柄のせいでしょう。一種の明るさがそこにあるのです。

しかし、エントロピーもまた、まごうかたなき真実です。毎日のテレビを見ても新聞を見ても、戦後五十年を経た私たちのこの国、また世界中のさまざまな国で、すさまじいエントロピーが加速度的に進行していることは誰も否定できません。数年後に迫った大世紀末、百年単位ではなく千年単位の大世紀末へ向けて、この世界は坂をころがる石のように落下しつつある。

いいこともあれば悪いこともあるというのが、この世の真実ではないでしょうか。あまりにも平凡な言葉ですが、そう思います。しかし、客観的事実としては、エントロピーの法則のなかで世界は動いてゆく。地球も老い、太陽もいつか冷え、そして銀河系も移り変わってゆくのです。たとえそれが気の遠くなるような未来の話であったとしても、その方向だけは予感できます。いまさら環境問題などを持ち出すと、飽きっぽいジャーナリズムにからかわれそうですが、それでも大気は一年ごとに汚れ、水は一年ごとに汚くなり、川は一年ごとに涸《か》れてゆき、山も一年ごとに低くなってゆく。

年をとってくるとまわりの何もかもが気に食わなくなってくるのさ、と笑う友人もいますが、そういう面はたしかにあるでしょう。しかし、絶対にそれだけではない。そのことに目をつぶるのはよくないと思うのです。しかし、どう反抗しようと、反抗しようにも反抗できないものも、この世の中にはある。これまでも、これから先も、〈生・老・病・死〉への挑戦が勝利に終わったためしはないのですから。

ぼくは二十年ほど前に出した一冊の本のタイトルを『歌いながら夜を往《い》け』とつけました。時代はいつも夜明けだけではない。明るい陽射《ひざ》しのふりそそぐ午後だけではない。たそがれて、長い夜が続く時間もある。しかし、そういうときにこそ、歌いながら夜を往け、という気持ちをもちたいと、ひそかに願っていたからでした。いまもその気持ちは変わりません。夜はますます濃く、そして深くなってゆくのでしょう。しかし、そのなかで自分なりの歌をうたいながら生きてゆくしかないような気がします。ホメオスタシスという考え方とエントロピーの法則とのあいだをさまよいながら、それでもできる限り快活に、与えられた時間だけ素直に生きつづけたい。それがぼくのいまの願いなのです。

あとがき

この本は非常識な本である。科学的でもないし、人を納得《なっとく》させる手続きにも欠けていると思う。しかし、ここに書いたことは、すべて私の体験であり、日々感じている正直な実感だ。私は目下、なんとはなしに意識されるからだの深いところの反乱に首をかしげながら、いっそ五十年のキャリアを放棄して素直に病院へ行き医学的な検査をしてもらおうか、それともこのまま見えざる手に自分の人生をまかせていこうかと、ふと迷ったりしているところである。いずれにせよ、この無茶苦茶《むちゃくちゃ》な本を一読して、苦笑されるのも、共感されるのも読者の自由である。

「手本にはならないが見本にはなれる」という、高光大船《たかみつだいせん》の言葉を思い起こしていただければ幸いというものだ。

最後にこの本を出すに当たってお世話になった集英社のスタッフ、また松永真、三村淳、その他のかたがたに心からお礼を申し上げたいと思う。ありがとうございました。

横浜にて　五木寛之

この作品は一九九六年六月集英社より刊行され、一九九八年一月集英社文庫に所収された『こころ・と・からだ』を改題した改訂新版です。

幻冬舎文庫

●好評既刊
気の発見
五木寛之　対話者　望月　勇（気功家）

「気」とは何か？　ロンドンを拠点に世界中で気功治療を行っている望月勇氏と五木寛之との「気」をめぐる対話。身体の不思議から生命のありかたまで、新時代におくる、気の本質に迫る発見の書。

●好評既刊
元気
五木寛之

元気に生き、元気に死にたい。人間の命を一滴の水にたとえた『大河の一滴』の著者が全力で取りくんだ新たなる生命論。失われた日本人の元気を求めて描く、生の根源に迫る大作。

●好評既刊
僕はこうして作家になった
―デビューのころ―
五木寛之

作家デビュー以前の若き日。さまざまな困難にぶちあたりながらも面白い大人たちや仲間と出会い、運命の大きな流れに導かれてゆく、一人の青年の熱い日々がいきいきと伝わってくる感動の青春記。

●好評既刊
他力
五木寛之

今日までこの自分を支え、生かしてくれたものは何か？　苦難に満ちた日々を生きる私たちが信じうるものとは？　法然、親鸞の思想から著者が辿りついた、乱世を生きる100のヒント。

●好評既刊
みみずくの夜《ヨル》メール
五木寛之

ああ人生というのはなんと面倒なんだろう。面倒だとつぶやきながら雑事にまみれた一日が終わる。旅から旅へ、日本中をめぐる日々に書かれた朝日新聞の人気連載、ユーモアあふれる名エッセイ。

からだのサプリ

「こころ・と・からだ」改訂新版

五木《いつき》寛之《ひろゆき》

平成20年9月20日　初版発行

発行者——見城　徹

発行所——株式会社幻冬舎

〒151-0051東京都渋谷区千駄ヶ谷4-9-7

電話　03(5411)6222(営業)

　　　03(5411)6211(編集)

　　振替00120-8-767643

印刷・製本—中央精版印刷株式会社

装丁者——高橋雅之

幻冬舎文庫

ISBN978-4-344-41195-1　C0195　い-5-17